KB078288

무림낭객(武林浪客)

낭인천하

백야 新무협 판타지 소설

FANTASTIC ORIENTAL HEROES

낭인천하 8

백야 新무협 판타지 소설

초판 1쇄 찍은 날 § 2013년 8월 19일
초판 1쇄 펴낸 날 § 2013년 8월 26일

지은이 § 백야
펴낸이 § 서경석

편집부장 § 권태완
편집 § 박가연 · 정수경

펴낸곳 § 도서출판 청어람
등록번호 § 제1081-1-89호
등록일자 § 1999. 5. 31
어람번호 § 제2-2383호

주소 § 경기도 부천시 원미구 심곡2동 163-2 서경B/D 3F (우) 420-822
전화 § 032-656-4452 팩스 § 032-656-4453
http://www.chungeoram.com
E-mail § chungeorambook@daum.net

ⓒ 백야, 2012

ISBN 978-89-251-3428-4 04810
ISBN 978-89-251-3103-0 (세트)

浪人天下

8

낭인천하

무림낭객(武林浪客)

백아 新무협 판타지 소설

FANTASTIC ORIENTAL HEROES

도서출판 청어람

浪人天下

낭인천하

第一章
곧 돌아올 테니까

그녀는 큰아들의 뺨에 입술을 맞추며 소곤거렸다.

"아빠처럼 훌륭한 사람으로 커야 한다."

담호는 덜컥 겁이 났다.

"엄마."

자하가 다시 소곤거렸다.

"그럼 엄마 다녀올 테니까… 씩씩하게, 울지 않고 기다려야 한다. 알겠지?"

담호는 금방이라도 눈물을 쏟을 것 같은 얼굴을 한 채 힘들게 고개를 끄덕였다.

1. 정사백대초인(正邪百大超人)

"누, 누구지? 저 노괴물은?"

이매청풍은 만월망량을 등에 업은 채 질주하며 그렇게 물었다. 그의 얼굴은 백짓장처럼 창백해져 있었다.

천하의 무투광자를 일 초 만에 죽인 난쟁이.

오십여 장 밖에서 전력으로 질주하던 만월망량의 어깨를 박살 낼 정도의 무시무시한 무위를 자랑하는 노인.

만약 그때 만월망량이 돌을 밟고 비틀거리지만 않았더라면, 노인의 손끝에서 뻗어 나온 지풍(指風)으로 인해 그대로 머리가 박살 났을 것이다.

"바, 바보……."

만월망량이 다 죽어가는 목소리로 중얼거렸다.

"이 강호에 그런 난쟁이 노인이 얼마나 있다고… 한 번 보면 척 알아봐야지."

일순 이매청풍의 눈이 커졌다.

"서, 설마……."

그는 황급히 뒤를 돌아보았다.

그가 전력을 다해 도주하고 있는데도 약 오십여 장의 거리를 일정하게 유지한 채, 난쟁이 노인은 뒷짐까지 진 채 콧노래를 흥얼거리며 이매청풍의 뒤를 따라오는 중이었다.

이매청풍은 마른침을 삼키며 중얼거렸다.

"저 난쟁이 늙은이가 마신(魔神) 주유(侏儒)라고?"

만월망량은 희미하게 고개를 끄덕였다.

"이런, 빌어먹을!"

이매청풍은 저도 모르게 욕설을 퍼부었다.

마신 주유라니!

하필이면 여기에서 마신 주유를 만나다니!

*   *   *

사마외도에 공적십이마라는 거물들과 그와 비견되는 초

극의 고수들이 있어서 정파무림인들에게 절대적인 공포를 심어주었다면, 정파 쪽에도 그에 못지않은 초절정의 고수들이 있었다.

하나같이 개인의 힘으로 전세를 뒤집어놓을 수 있는 힘과 무력을 지닌 자들.

혼자서는 공적십이마를 이길 수 없지만 둘이 모이면 공적십이마조차 그들을 상대할 수 없는 실력자들.

물론 그런 초절정의 고수들은 사마외도에도 존재했고, 사람들은 정사(正邪) 양쪽의 그들을 한꺼번에 묶어서 정사백대초인(正邪百大超人)이라 불렀다.

정사대전 당시 그들은 치열하게 싸웠고 자신의 모든 전력을 동원하여 적을 죽이려고 했다. 그 결과 결국 절반이 훨씬 넘는 초인이 양패구상, 목숨을 잃게 되었다.

마신 주유는 그 정사대전을 겪고도 살아남은 초인 중 한 명으로, 고수 많기로 자타가 공인하는 무적가에서도 최고의 실력자 중 하나였다.

*   *   *

만월만량의 비명횡사를 슬퍼할 겨를조차 없었다. 업고 있는 만월망량의 안위를 확인할 여유도 없었다. 이매청풍은 오로지 달리고 또 달려야만 했다.

그는 벌써 산등성이 하나를 넘은 채 계곡을 따라 질주하는 중이었다.

그러나 약 오십여 장의 간격을 유지한 채 여전히 마신 주유가 뒤따라오고 있었다.

"그렇다면 설마 삼신이 모두 온 걸까?"

이매청풍은 이삼 장 폭의 개울을 훌쩍 뛰어넘어 반대쪽으로 이동하면서 중얼거렸다.

"눈치가 빠른 아이로구나."

곧 바로 대답이 들려왔다.

이매청풍은 저도 모르게 움찔거리며 신형을 멈췄다.

만월망량의 음성이 아니었다. 낯선 목소리, 생전 처음 들어보는 목소리가 방금 막 뛰어넘은 개울 오른편에서 들려왔던 것이다.

이매청풍은 마른침을 꿀꺽 삼키면서 천천히 고개를 돌렸다. 불안한 표정이 그의 얼굴 가득 스며들고 있었다.

개울가의 커다란 바위. 그곳에 한 노인이 신발을 벗고 앉은 채 세족(洗足)을 하고 있었다.

칠월의 무더운 날씨와 어울리지 않는 검은 장포(長袍)를 걸친 노인이었다. 그 옆에는 검은 빛이 감도는 삿갓이 가지런히 놓여 있었다.

그를 본 이매청풍의 안색이 새파랗게 질렸다.

"사, 사신(死神) 오곤(吳昆)……."

사신 오곤이라 불린 노인은 희미하게 웃으며 말했다.

"꽤 어린 친구가 나를 알아보는군그래. 우리, 만난 적이 있던가?"

물론 만난 적은 없었다.

삼신은 독불장군들이라 정사대전 당시 그 어떤 이들과도 협력하지 않고 그네들끼리만 모여 다녔으니까.

비선의 사람들은 물론 태극천맹의 어지간한 직위에 있는 자들조차 삼신을 만나본 적이 없었다. 그래서 어떤 이들은 삼신이 유령이라고도 했고, 또 어떤 이들은 실제로 존재하는 자들이 아니라고까지 말했다.

하지만 삼신은 존재했다.

그들이 전장에서 싸우는 광경을 목도한 자들이 있었으니까. 그리고 사람들은 목격자들의 입을 통해서 삼신의 외양에 대해 전해 들을 수가 있었다.

볼품없는 난쟁이인 마신 주유.

흑의장포를 걸치고 묵립(墨笠)을 쓴 사신 오곤.

키는 작지만 돌처럼 단단한 체구를 지닌 투신(鬪神) 전앙(全仰).

그렇게 한 번 보면 결코 잊을 수 없는 독특한 외양의 세 사람이 바로 삼신이었고, 저 바위에 앉아서 느긋하게 발을 씻고 있는 노인은 그 삼신 중 한 명인 사신 오곤이었다.

이매청풍은 한 걸음 뒤로 물러섰다. 식은땀이 그의 전신을 흥건하게 적시고 있었다.

"날 버리게."

등 뒤에서 만월망량이 소곤거렸다.

"그럼 자네는 살 수 있을 거야."

살 수 있을까.

아마도 살 수 있을 것이다.

만월망량을 버린다는 건 그저 단순하게, 업고 있던 한 사람의 무게를 덜어낸다는 의미로 그치는 게 아니었다.

만월망량을 업고 있느라 꽁꽁 묶인 양 손이 자유로워지고, 또 그렇기 때문에 그만큼 제대로 된 신법을 원활하게 펼칠 수가 있게 된다는 뜻이었다.

달릴 때 필요한 건 두 다리만이 아니다. 두 팔과 몸의 균형과 자세, 그 모든 것이 자유로워질 때, 비로소 제대로 달릴 수가 있는 것이다.

그러니 만월망량을 버리면 이매청풍은 아마도 살 수 있을 것이다.

만월망량이 잠깐이나마 저 사신과 마신을 막아주는 동안

이매청풍의 신법이라면 백여 장은 족히 달아날 수 있을 테니까. 그러니 살 수 있을 것이다.

하지만 이매청풍은 고개를 저었다.

"그게 무슨 소린가?"

이매청풍은 단단하게 각오를 한 모양이었다. 어느새 그의 표정은 원래의 쾌활한 얼굴로 되돌아와 있었다.

"어떻게든 같이 살아날 방법을 찾아야지."

그는 다시 한 걸음 물러났다.

사신 오곤은 이제야 개울물에서 발을 빼내고 있었다. 마신 주유는 아직 건너편 개울에도 당도하지 않았다.

틈을 봐서 도망친다.

라는 생각을 하자마자 이매청풍은 지면을 박찼다. 그의 신형이 뒤로 도약하듯 떠올랐다. 동시에 그는 허공에서 곧바로 선회하여 방향을 틀며 그대로 도망치려 했다.

그때였다.

"이런. 내 앞에서 도망칠 수 있다고 생각하느냐?"

사신의 목소리가 뒤에서 들리는가 싶었는데 어느새 이매청풍의 정면에서 들려왔다.

이매청풍은 황급히 지면으로 착지했다. 그가 달려가고자 했던 방향, 이삼 장 앞에 사신 오곤이 우뚝 서 있었던 것이다.

언제 신발까지 신고 삿갓을 썼을까.

사신 오곤은 검은 가죽신발을 신고 흑의장포와 묵립을 갖춘 채 이매청풍을 바라보았다.

이매청풍은 입술을 깨물었다.

믿을 수 없을 정도로 빠른 신법이다. 아니 보법이라고 해야 하나.

어쨌든 그 한 수만으로 이매청풍은 자신이 그의 적수가 아님을 확인할 수 있었다.

그러니 남은 건 도주뿐인데, 그것조차 불가능한 상황이 되어가고 있었다.

그의 앞에는 사신 오곤이, 등 뒤에서는 마신 주유가 마치 협공하듯 거리를 좁혀오는 것이다.

"내 먹잇감이다."

등 뒤에서 마신 주유가 말하고 있었다.

어떡하지?

이매청풍은 초조한 표정으로 주위를 힐끗거리며 입을 열었다.

"명성 드높은 선배들께서 하찮은 후배를 잡기 위해 협공까지 하시다니."

그는 조그만 틈이라도 찾기 위해 일부러 격장지계를 펼쳤다.

하지만 사신 오곤은 말려들지 않았다.

"호랑이가 토끼를 사냥할 때에도 전력을 다하는 법이지."

오곤은 그리 말하며 천천히 다가왔다.

"내 먹잇감이라니까!"

마신 주유가 성난 목소리로 소리치며 개울을 뛰어넘었다.

오곤은 가볍게 눈살을 찌푸렸다.

"그 욕심, 언제 버릴 거냐?"

"욕심은 뭔 욕심? 내가 쫓던 놈이니까 내가 죽여야 하는게 당연하지."

"죽이지 말라더군."

오곤의 말에 주유의 눈꼬리가 휘어졌다.

"누가 감히?"

"어린 소가주 녀석이."

"흥!"

주유는 마땅치 않다는 얼굴이었다.

하지만 그래도 소가주의 명령을 외면할 수는 없었던 듯, 어깨를 으쓱거리며 말했다.

"쳇! 간만에 몸소 강호에 나왔거늘 이깟 애송이들만 상대하라니. 그 담우천인가 뭔가 하는 애송이는 어디 있는 거야?"

중얼거리듯 말하던 주유는 문득 오곤을 노려보며 말을 이었다.

"그 녀석은 내 거다. 눈독 들이지 마."

"마음대로."

오곤은 희미하게 웃었다. 그리고는 오른쪽으로 이동하며 말했다.

"어딜 도망치려고?"

사신과 마신의 대화를 들으며 눈치를 살피고 있던 이매청풍이 왼쪽으로 훌쩍 몸을 날렸다, 싶은 순간 오른쪽으로 황급히 방향을 바꿔 도주하려 했던 것이다.

이매청풍의 그 재빠른 방향 전환에도 불구하고 오곤은 이미 예상하고 있었다는 듯이 정확하게 오른쪽으로 이동하여 그의 진로를 막아섰다.

"빌어먹을!"

이매청풍은 악을 쓰며 오곤을 향해 몸을 날렸다. 그의 두 발이 선풍각(旋風脚)처럼 짓쳐 들어갔다.

"아예 발버둥을 치는군그래."

오곤이 피식 웃으며 손을 뻗었다.

일순 이매청풍의 눈앞에 뿌연 장막이 펼쳐지면서 그의 시야를 가로막았다. 그 불투명한 장막을 보는 순간 이매청풍은 정신이 아득해지면서 그만 땅으로 추락하고 말았다.

정신을 잃기 전, 이매청풍의 뇌리에 한 사람의 얼굴이 떠올랐다.

담우천도, 만월망량도, 무투광자도 아니었다. 그건 담우천의 큰아들이자 그의 제자인 담호의 얼굴이었다.

'아, 아호……'

2. 듣고 있느냐, 자하!

"자하!"

우렁우렁한 목소리가 산 전체를 흔들었다. 그 목소리를 선창으로 천지가 진동하는 고함이 들려왔다.

"자하!"

백여 명의 고수가 일제히 내뱉는 함성이었다.

그 함성은 쩌렁쩌렁하게 울려 퍼졌고 다시 메아리가 되어 돌아왔다.

자하—! 자하—! 자하!

"나오너라. 자하!"

다시 누군가 선창을 했다. 그리고 역시 그 뒤를 이어 백여 명의 고수가 동시에 소리쳤다.

"나오너라. 자하!"

산천초목(山川草木)이 부르르 떨린다는 건 과장된 표현이
아니었다.

한껏 내공을 모은 사자후(獅子吼)처럼 터지는 함성에 주
변의 수풀이 흔들리고 땅이 진동하는 것만 같았다.

모옥의 마당 앞.

한때 자하가 앉아서 아이들과 놀던 의자에 앉은 채 선창
을 하는 이는 제갈원이었다.

그의 앞에는 이매청풍과 만월망량이 피를 흘린 채 쓰러
져 있었고, 수십 명의 무인이 주변을 경계하고 있었다.

제갈원은 메아리가 그칠 때까지 기다렸다가 다시 크게
소리쳤다.

"네가 나오지 않으면 이들이 죽는다!"

그가 선창을 하면 주변의 무인들과 모옥 주변 오십여 리
일대에 산재(散在)하고 있는 무인들이 동시에 따라 외쳤다.

"네가 나오지 않으면 이들이 죽는다!"

제갈원의 표정은 느긋했다.

두 명의 인질이 있는 이상, 그가 알고 있는 자하의 품성
이라면 반드시 인질을 구하러 나올 테니까.

제갈원은 수하가 끓여온 차를 마신 후 다시 입을 열었다.

"네가 나오면 이들은 살 수 있다!"

내공이 가득 차 있는 울림.

뒤이어 백여 명의 무인들이 합창하듯 소리쳤다.

"네가 나오면 이들은 살 수 있다!"

그들의 함성은 골짜기를 타고 멀리 퍼져 나갔다. 만약 자하가 이 산 일대에 숨어 있다면 반드시 들을 수밖에 없는 함성이었다.

물론 자하는 그 함성을 듣고 있었다.

그뿐이 아니었다. 지하광장의 갈라진 벽 틈으로 모옥의 전경이 훤히 내려다보이는 이상, 제갈원과 그 앞에 쓰러져 있는 이매청풍, 만월망량의 모습도 충분히 내다볼 수 있었다.

"어떡해?"

소화가 밖을 내다보고는 발을 동동 굴렀다.

나찰염요는 무표정했지만 꽤나 큰 심적 타격을 받은 듯, 그녀의 얼굴은 창백해져 있었다.

'왜 광자 오라버니가 보이지 않는 거지?'

불안한 느낌이 가라앉지 않았다.

지금껏 무투광자의 모습이 보이지 않는다는 건 이미 죽었거나 혹은 아직도 도주 중이라는 뜻. 그러니 아직 그가 살아 있을 확률은 절반이나 되었다.

하지만 나찰염요는 불길한 기분에 가슴이 서늘해졌다.

'신법에 일가견이 있는 이매망량들이 사로잡힌 이
상······.'

그때였다.

밖을 내다보던 자하가 몸을 돌렸다. 소화가 깜짝 놀라며
그녀의 팔을 잡았다.

"어딜 가시려구요? 설마 밖으로 나갈 생각이에요?"

"그래."

"말도 안 돼요. 언니가 가면 죽어요."

"아니."

자하는 천천히 그녀의 손을 떼어놓으며 부드럽게 웃었
다.

"저자는 날 죽이지 못해."

"하지만······."

"내가 저곳으로 가면 저 두 도련님을 살릴 수 있어."

"하지만 언니는······."

"내 남편더러 다시 구해달라고 하지 뭐."

자하는 아무 일도 아니라는 듯이, 그저 잠깐 아랫마을에
내려갔다 온다는 식으로 말했다.

소화는 그녀를 붙잡지 못하고 어쩔 바를 몰라 하다가 문
득 나찰염요를 돌아보았다.

"언니가 설득해 주세요."

나찰염요는 입술을 깨물었다.

자하의 말은 옳았다. 지금 상황에서 할 수 있는 최선의 방법이었다.

그러나 자하의 말대로 행동하면 안 되는 것이다. 만일 저들이 약속을 지키지 않는다면 자하만 빼앗기게 되는 꼴이다. 무엇보다 담우천을 볼 면목이 없어진다.

그녀와 동료들은 반드시 자하를 지켜주겠다고 담우천에게 약속했다.

물론 약속에는 지키지 않아도 될 약속이 있고 상대방 역시 지키지 않을 거라고 생각하는 약속도 있다. 하지만 그건 목숨을 걸고 지켜야만 하는 약속이었다.

밖에서 다시 소리가 들려왔다. 이 지하광장 안쪽까지 울려 퍼지는 외침이었다.

"일각(一刻)을 기다리마! 그동안 나오지 않으면 이자의 팔 하나를 잘라낼 것이다!"

수하들이 외치는 소리를 듣던 제갈원은 고개를 끄덕이며 다시 소리쳤다.

"맛보기로 녀석의 비명을 들려주마!"

수하들이 합창했다.

제갈원이 이매청풍의 옆에 서 있던 털북숭이에게 눈짓을 보냈다. 털북숭이는 기다렸다는 듯이 칼을 꺼내 들었다. 그리고 이매청풍의 손등을 푹! 찔렀다.

이매청풍의 몸이 부르르 경련을 일으켰다. 하지만 기대했던 비명은 나오지 않았다. 제갈원이 인상을 찌푸렸고 털북숭이는 당황해했다.

털북숭이는 칼을 빼들고 이번에는 왼쪽 손등을 푹! 찔렀다. 피가 사방으로 튀었다.

그러나 역시 이매청풍은 비명을 지르지 않았다.

혼절할 것만 같은 고통을 참으며 그는 이를 악물고 있었다.

"바보 같은 자식."

제갈원이 싸늘하게 말하자 털북숭이는 식은땀을 흘렸다. 나름대로 고문 좀 할 줄 안다고 해서 이 자리에 서 있는 그였다. 그런데 이매청풍의 입에서 비명은커녕 신음조차 흘러나오게 하지 못한다니, 여기 서 있을 자격이 없는 것이다.

'이러다가 내가 죽겠다.'

털북숭이는 입술을 깨물었다. 그리고 칼을 집어던진 후 이매청풍의 왼손을 잡았다. 그는 두 손으로 이매청풍의 검지와 중지를 잡더니 천천히 힘을 주며 찢기 시작했다.

투툭, 소리와 함께 생살이 찢어져 나갔다. 이매청풍의 얼굴이 일그러졌다. 그의 얼굴에는 시퍼런 힘줄이 굵은 지렁이처럼 꿈틀거렸다.

참을 수 없는, 견딜 수 없는 고통이었다.

생살이 갈라지고 근육과 신경이 찢어졌다. 손바닥이 반으로 쪼개지는 것 같았다. 손가락의 뼈들이 우두둑, 소리를 내기 시작했다.

이매청풍의 오른손이 땅을 긁었다. 손톱이 갈라지고 피가 흘렀다. 고통을 참기 위해, 비명을 지르지 않기 위해 그는 입술이 터질 정도로 악다물었다.

"허어, 뭐하는 짓이냐?"

제갈원이 눈살을 찌푸렸다.

"나를 빈말하는 사람으로 만들 작정이더냐?"

제갈원의 말에 털북숭이의 전신은 땀으로 흥건하게 젖었다.

또 그의 얼굴은 이매청풍 못지않게 사색이 되어 있었다.

'이렇게 지독한 놈은 처음이다.'

손바닥이 반으로 갈라져서 속살과 근육이 너덜너덜하게 찢긴 모습이 훤히 드러날 정도였는데 놈은 비명을 목구멍 안으로 삼키고 있었다.

이런 놈은 그 어떤 고문을 해도 결코 입을 열지 않을 것이다. 털북숭이는 확신했다.

"쯧쯧."

지켜보고 있던 난쟁이, 마신 주유가 혀를 차며 나섰다.

"비켜봐라."

털북숭이는 황급히 절을 하며 물러났다. 마신 주유는 느긋하게 이매청풍에게 다가가더니, 바로 옆에 쭈그려 앉으며 입을 열었다.

"정말이지 지저분하게도 만들었구나."

그는 이매청풍의 왼손을 내려다보면서 중얼거렸다.

"고문이라는 건 이런 게 아니지. 살을 찢고 뼈를 가르는 게 고문이라면 누구나 다들 고문의 달인이 되겠군그래."

마신 주유는 혀를 차더니 손가락으로 이매청풍의 목과 정수리 사이의 한 지점을 가볍게 눌렀다.

일순 이매청풍의 전신이 갓 잡아 올린 물고기처럼 파닥거리면서 마구 뒤틀렸다.

"아아악!"

그의 입에서 절규가 터졌다.

아무리 참으려고 해 봐도 절로 입이 열리며 비명이 튀어나오고 있었다.

그의 눈과 코와 입에서 눈물이, 콧물과 침이 한꺼번에 쏟아졌다.

그뿐이 아니었다.

그의 바지는 흠뻑 젖어 있었고 엉덩이는 누렇게 물들고 말았다. 말 그대로 온몸의 구멍에서 이물질들이 마구 쏟아져 흘러나오고 있는 것이었다.

"아아악!"

이매청풍은 미친 듯이 비명을 내지르며 발버둥을 쳤다.

털북숭이는 놀라서 입을 다물지 못한 채 그 광경을 지켜보았다.

도대체 마신 주유가 어떻게 했기에 저 강인한 사내가 똥오줌을 지리면서 마구 울부짖는 것인지.

제갈원은 흡족한 표정을 지으며 고개를 끄덕였다. 이매청풍의 비명이 하늘을 찢을 듯 울려 퍼지는 가운데, 제갈원이 다시 소리쳤다.

"듣고 있느냐, 자하!"

수하들이 일제히 소리쳤다.

"듣고 있느냐, 자하!"

3. 잘 부탁해

"아아아악!"

고막이 찢어질 듯 처절한 비명 소리가 지옥 저 안쪽에서 들려오는 것만 같았다.

"듣고 있느냐, 자하!"

무인들이 우렁우렁하게 외치는 소리도 들려왔다.

소화는 차마 밖을 내다볼 엄두도 못 내고 그저 두 손으로 귀를 막는 데 급급했다.

나찰염요 또한 밖을 보지 않았다. 그녀는 눈을 감은 채 비명 소리를 듣기만 했다. 오로지 자하만이 눈물을 흘리면서 갈라진 틈 사이로 이매청풍이 비명을 내지르는 광경을 바라보고 있었다.

"더 이상은… 안 되겠어."

자하는 옷섶으로 눈물을 훔치며 그 자리를 떠났다. 소화가 또다시 그녀의 소매를 잡았다.

하지만 그 손길에는 힘이 실려 있지 않았다. 저렇게 이매청풍이 비명을 내지르는 걸 듣고 있자니 소화 또한 차마 자하를 만류할 수가 없는 것이다.

자하는 그 손길을 가볍게 뿌리치며 말했다.

"아까도 말했지만 난 걱정하지 마. 어떻게든 도련님들을 살려 보낼 테니까 그이가 올 때까지 잘 숨어 있어."

"그럴 수는……."

나찰염요가 입을 열었다. 하지만 그녀는 끝까지 말을 잇지 못했다. 기다렸다는 듯이 이매청풍의 비명 소리가 또 들려왔기 때문이었다.

자하는 아이들에게로 다가갔다.

그녀는 이 와중에도 잠들어 있는 담창의 얼굴을 쓰다듬었다.

그리고 그 옆에서 눈물을 흘릴 듯한 표정을 지은 채 자신을 바라보고 있는 담호를 돌아보며 말했다.

"동생 잘 보고 있어야 한다. 곧 돌아올 테니까."

담호는 속으로 중얼거렸다.

거짓말.

예전에도 그랬다. 소년의 엄마는 곧 돌아온다고 했지만 반년이 넘도록 돌아오지 않았다. 이번에도 그럴 것이다.

그래서였다. 소년은 망설이다가 말했다.

"안 가면 안 돼요?"

자하는 힐끗 고개를 돌렸다. 벽 너머로부터 들려오는 이매청풍의 비명 소리.

자하는 다시 소년을 바라보며 말했다.

"네 사부를 구해야 하지 않겠니?"

담호는 아무런 말도 하지 못했다.

누가 뭐라고 해도 이매청풍과 만월망량은 소년의 사부였다.

그 사부들이 이렇게 개죽음을 당하게 놔둘 수는 없었다.

하지만 그렇다고 엄마가 자신의 곁을 떠나는 걸 가만히 지켜보는 것도 싫었다.

어느 하나를 선택할 수 없는 갈등에 담호의 어린 마음이 찢어질 것만 같았다.

자하는 소년의 머리를 부드럽게 쓰다듬으며 말했다.

"엄마 걱정은 하지 마. 그리고 엄마가 없어도 소화 누나, 염요 누나가 있으니까."

그녀는 두 팔을 벌렸다.

"이리 와보렴, 내 아들. 얼마나 컸는지 볼까."

담호는 주춤주춤 다가가 그녀의 품에 안겼다.

자하는 힘껏 소년을 꺼안고 뺨을 비볐다. 그녀의 가슴이 터질 것만 같았다. 심장이 부서질 것 같았다. 억장이 무너지는 기분이었다.

하지만 그녀는 울지 않았다.

그녀는 언제나처럼 부드러운 미소를 입가에 머금고 장남을 바라보았다.

'사랑한단다, 세상 그 누구보다도 너희를 사랑한단다.'

그녀는 주문처럼 외우고 또 외웠다.

'건강하게 자라렴. 올바르게 크렴. 누구나에게 인정받고 존경받는 사람이 되렴.'

그리고는 아들의 뺨에 입술을 맞추며 소곤거렸다.

"너는 아빠처럼 멋진 사람이 될 거야, 반드시."

담호는 덜컥 겁이 났다.

"엄마."

자하가 다시 소곤거렸다.

"그럼 엄마 다녀올 테니까… 씩씩하게, 울지 않고 기다려야 한다. 알겠지?"

담호는 금방이라도 눈물을 쏟을 것 같은 얼굴을 한 채 힘들게 고개를 끄덕였다.

자하는 다시 한 번 담호와 담창의 얼굴을 어루만지고는 자리에서 일어났다. 그리고는 아이들 곁에서 떨어지지 않는 발길을 애써 옮겼다.

그런 자하의 치마를 붙잡는 손이 있었다. 그녀는 고개를 돌렸다. 담호였다.

자하는 웃으며 물었다.

"왜 그러니?"

담호는 우물쭈물하다가 품에서 무언가를 꺼냈다.

그것은 날이 새하얗다 못해 푸르스름한 기운까지 띤 비수였다. 한눈에 보기에도 결코 평범해 보이지 않는 그 비수는 과거 냉씨 부인이 죽기 전 담호에게 건네준 선물이자 유물이었다.

"냉혼비라는 이름을 지녔어요. 냉씨 아줌마의 자식 같은 무기랬어요. 이거 가지고 가세요."

담호는 손을 내밀었다.

"왜 내가……."

그걸 가지고 가야 하는데? 라고 물으려던 자하는 입을 다물었다.

담호가 울먹거리며 먼저 말했기 때문이었다.

"저 나쁜 자들이 혹시 엄마를 괴롭히면… 그때 이걸로 놈들을 죽이세요."

자하는 소년을 물끄러미 내려다보았다.

"이거, 정말 잘 들어요. 바위도 잘라요, 내가 시험해 봤어요. 그러니까… 이걸로……."

담호는 말을 잇지 못한 채 자하의 치마를 붙잡고 울기 시작했다.

"그러니까 엄마, 죽으면… 죽으면 안 돼요."

자하는 눈물을 글썽거렸다. 그녀는 어린 아들의 머리를 쓰다듬고 등을 어루만지며 다독거렸다.

"죽기는 내가 왜 죽는다고 이러니? 절대 죽지 않아."

그녀는 비수를 가리키며 말했다.

"냉혼비라고 했지? 이 아이가 나를 지켜줄 테니까, 너는 안심하고 기다리렴."

담호는 냉혼비를 자하에게 건네주었고 그녀는 소중하게 품에 넣었다. 그리고 다시 한 번 담호를 껴안아준 다음 발길을 돌렸다.

그 광경을 지켜보고 있던 나찰염요가 그녀의 뒤를 쫓아왔다.

"같이 가요."

자하가 의아해하자 그녀는 차분한 어조로 말했다.

"중상을 입은 이매망량 오라버니들을 피신시키려면 제가 필요할 거예요."

"그렇구나. 미처 거기까지는 생각하지 못했어."

자하는 겸연쩍다는 듯이 웃으며 말했다.

그리고 두 사람은 아무 말 없이 동굴 입구 쪽을 향해 걸었다. 심장이 터질 것처럼 답답한 침묵이 그녀들 사이로 무겁게 내려앉았다. 멀리서 무인들이 외치는 함성이 희미하게 들려왔다.

"이제 반각 남았다, 자하!"

자하의 얼굴빛이 변했다. 그녀의 발걸음이 빨라졌다. 다급한 속내가 고스란히 드러났다.

"미안해요."

나찰염요는 그녀를 따라붙으며 말했다.

"언니를 말리고 싶지만… 말릴 수가 없어요."

자하는 그녀를 쳐다보았다.

단순한 말이었지만 얼마나 하기 힘든 말이었는지, 자하
가 모를 리 없었다. 그래서였다. 자하는 그녀의 손을 잡고
다독이며 말했다.

"그 마음 나도 잘 알아. 만약 우리의 처지가 바뀌었다면
나 역시 그렇게 말할 수밖에 없었을 거야."

나찰염요는 입술을 깨물다가 불쑥 말했다.

"행여… 죽을 생각은 하지 말아요."

자하는 움찔했다. 하지만 그녀는 곧 해맑게 웃으며 말했
다.

"내가 왜 죽어? 나만 바라보는 아이들이 있고 또 나를 구
해줄 그이가 있고… 이렇게 나를 걱정해 주는 사람들이 있
는데."

"그래요. 그러니까……."

"하지만 사람 일은 모르는 거잖아."

나찰염요의 손을 잡고 있던 자하의 손에 힘이 들어갔
다.

나찰염요는 자하를 바라보았다. 자하의 눈가에는 절실한
빛이 스며들어 있었다.

그녀가 진심으로 말했다.

"그러니… 내 아이들, 잘 지켜줘. 그리고……."

자하는 말꼬리를 흐렸다.

나찰염요는 물끄러미 그녀를 바라보다가 아무 말 없이 고개를 끄덕였다.

第二章
밤이 깊었다

하지만 투신 전앙은 그 어떤 부상을 입어도 죽지 않고 살아났다. 또한 그는 그 어떤 처참한 패배를 당해도 좌절하지 않았다.

그는 패배의 아픔과 분노를 제 성장의 밑거름으로 삼았다. 한 번 패배할 때마다 그는 점점 더 강해졌다. 그게 전앙이었고 사람들에게서 투신이라 불리는 이유였다.

1. 이게 사랑이야?

"일각이 지났습니다."

수하 하나가 다가와 제갈원에게 귀엣말을 건넸다.

제갈원은 고개를 끄덕였다. 그리고는 모옥 뒤편의 산을 향해 소리쳤다.

"약조했던 일각이다! 이자의 팔 하나를 자르마!"

수하들이 뒤따라 소리쳤다. 그 소리가 산봉우리를 휘돌아 메아리가 되었다. 메아리가 그칠 무렵 제갈원은 털북숭이에게 말했다.

"팔을… 아니군, 자를 필요가 없어졌네."

제갈원은 싱긋 웃었다.

칼을 들고 나서려던 털북숭이는 저도 모르게 제갈원의 시선을 따라 고개를 돌렸다. 모옥 뒤편에서 두 명의 여인이 천천히 걸어 나오고 있었다.

자하와, 그녀 못지않은 미모를 자랑하는 여인. 바로 나찰염요였다.

제갈원은 천천히 자리에서 일어나며 두 팔을 벌렸다.

"이렇게 만나게 되는구나, 자하."

자하는 걸음을 멈췄다. 나찰염요도 멈춰 섰다.

그걸 본 제갈원이 안타깝다는 듯이 한 걸음 다가서려 할 때였다.

"가까이 오면 죽을 겁니다."

자하는 매서운 어조로 말했다.

동시에 제갈원도 걸음을 멈췄다. 그녀의 몸에 상처 하나 나면 큰일이라는 표정이었다.

"비록 무공은 모르는 몸이지만……."

자하가 다시 말했다.

"자라면서 우리들은 제대로 교육을 받았거든요. 필요할 때면 언제든지 스스로 목숨을 끊을 수 있도록 말이에요."

우리들?

곁에 서 있는 나찰염요가 자하를 돌아보았다. 자하는 여전히 제갈원을 쏘아보며 말을 이어나갔다.

"그러니 한 걸음만 다가오면 죽을 겁니다. 믿지 못하시겠다면 다가와도 됩니다."

"무슨 소리냐, 자하."

제갈원은 부드럽게 웃으며 말했다.

"왜 내가 널 죽이겠느냐? 그리고 내가 널 왜 믿지 못하겠느냐? 믿는다, 믿어."

그렇게 말하며 뒷짐을 지는 제갈원은 한없이 온화한 표정을 지었다.

자하는 그를 잠시 쳐다보다가 시선을 돌려 이매청풍과 만월망량을 보았다.

그들은 죽은 듯 움직이지 않았다. 자하의 안색이 창백해졌다.

"설마 죽은 건 아니겠죠?"

자하가 급하게 묻자 제갈원은 고개를 저었다.

"네가 이리 나왔는데 어찌 죽이겠느냐? 죽지 않았다. 단지 고통에 겨워 혼절했을 따름이다."

자하는 나찰염요를 돌아보았다.

나찰염요가 알았다는 듯이 고개를 끄덕이고는 천천히 앞으로 걸어 나갔다. 일순, 그녀조차 감당할 수 없는 살기가 사방에서 파고들었다.

나찰염요의 표정이 달라졌다. 조금이라도 허튼짓을 하려다가는 눈 깜짝할 사이에 죽음을 맞이할 것 같았다.

'오라버니들을 이렇게 만든 것도 그렇고… 이 살기도 그렇고…….'

그녀는 이매망량들을 향해 천천히 걸어가면서 힐끗 주변을 살폈다.

아니나 다를까.

난쟁이 노인과 흑의장포를 걸친 노인의 모습이 보였다. 그들을 확인하는 순간, 나찰염요는 저도 모르게 절망의 한숨을 토해내고 말았다.

'세상에, 삼신까지 왔다니…….'

행여나 했던, 실낱같던 희망이 사라지는 순간이었다.

담우천이 오기만 하면 함께 힘을 합쳐서 자하를 구출할 수 있을 것이다, 라는 실낱같던 희망.

차라리 그런 기대를 하지 않느니만 못했다. 삼신이 이 자리에 있는 마당에 어느 누가 그들의 손속을 피해서 살아남을 수 있다는 말인가.

정신이 아득해지는 나찰염요였다.

절로 다리에 힘이 풀려 비틀거렸다. 하지만 그녀는 이를 악물고 정신을 차렸다. 지금 그녀의 임무는 이매망량들을 부축해서 살아 돌아가는 것이다.

그 뒷일은…….

'미안해요.'

나찰염요는 다시 한 번 자하에게 사과하며 이매망량들에게 다가갔다.

그녀는 쓰러져 있는 이매청풍과 만월망량을 일으켜 세워 양쪽 옆구리에 끼면서, 그 황망한 와중에서도 한 가지 궁금증을 떠올렸다.

'그런데 삼신 중 투신 전앙은 어디에 있는 거지?'

그녀는 몸을 일으키며 다시 한 번 주변을 돌아보았다. 하지만 작달막한 체구의 바위 같은 근육을 지닌 노인은 어디에도 보이지 않았다.

그녀는 왠지 모를 불길함을 느끼면서 이매망량들과 함께 자하에게로 걸어갔다.

그동안 제갈원 측의 무사는 어느 한 명도 움직이지 않은 채 나찰염요의 행동을 지켜보고 있었다. 다들 제갈원의 다음 지시를 기다리고 있을 뿐이었다.

제갈원은 나찰염요에게 전혀 신경 쓰지 않았다. 그는 오로지 자하만 바라보고 있었다.

"나는 약속은 반드시 지킨다."

제갈원은 부드럽게 웃으며 말했다.

하지만 그 미소를 본 자하는 온몸에 소름이 돋아 저도 모르게 부르르 떨었다.

"살려준다고 했으니까, 살려줄 것이다. 너만 있으면 다른 놈들이야 어찌 되든 무슨 상관이 있겠느냐?"

그동안 나찰염요는 두 사람을 껴안은 채 자하의 곁으로 되돌아왔다.

자하는 피투성이가 된 이매청풍과 만월망량의 처참한 모습에 눈물을 글썽거렸다. 나찰염요는 입술을 깨물다가 그녀에게 전음을 보냈다.

[함께 도망쳐요.]

물론 말이 안 되는 소리였다.

지금은 성한 사람들끼리라도 도주하기가 거의 불가능한 상황이었다. 그런데 반죽음이 된 두 명의 사내와 무공을 전혀 모르는 자하와 함께였다.

그러니 어떻게 함께 도망칠 수 있겠는가.

자하는 처연한 미소를 지으며 말했다.

"어서 가."

나찰염요는 망설였다.

"내 걱정은 하지 말라니까."

나찰염요는 입술을 깨물었다. 그리고는 아주 힘겹게 입을 열었다.

"반드시… 구해줄게요."

자하는 고개를 끄덕였다.

나찰염요가 막 돌아서려는 순간, 자하가 생각났다는 듯이 한마디 했다.

"그이를… 잘 부탁해."

그 말의 의미를 제대로 파악하지 못한 나찰염요가 일순 머뭇거리며 뒤를 돌아보았다. 하지만 이미 자하는 그녀에게서 시선을 돌린 후였다.

자하는 제갈원을 쳐다보며 말했다.

"이들이 안전한 곳으로 피신할 때까지 기다려 주세요."

"물론."

제갈원은 두 손을 활짝 펴며 말했다.

"언제까지고 기다릴 수 있지. 네가 내 옆에 와주기만 한다면 말이야."

날이 저물고 있었다.

서쪽 하늘이 불타는 듯 붉게 물드는가 싶더니 이내 사위에 어둠이 내려앉기 시작했다. 몇몇 무사가 횃불을 밝히고 모닥불을 피웠다.

나찰염요와 이매망량은 이미 그곳을 떠난 지 반 시진이 넘었다. 그동안 자하는 오연하게 그 자리에 홀로 서 있었다.

"이제 내 곁으로 오지 그러느냐?"

제갈원이 안타깝다는 듯이 말했다.

"이제 네 동료들은 안전한 곳으로 도망쳤을 것이다. 그러니 내 말을 들어라. 그렇게 계속 서 있으면 다리가 퉁퉁 붓는다니까."

자하는 무심한 어조로 말했다.

"일각만 더 기다려 줘요."

제갈원은 얼른 고개를 끄덕였다.

"물론이지. 그렇게 하마."

조금 떨어진 곳에서 그 광경을 지켜보고 있던 난쟁이 노인, 마신 주유가 어이가 없다는 듯 고개를 설레설레 저었다.

그리고는 한숨을 쉬며 중얼거렸다.

"겨우 저 계집 때문에 이 난리를 피운 건가?"

"사랑에 빠진 거겠지."

곁에 서 있던 사신 오곤이 대꾸했다. 마신 주유가 피식 웃었다.

"사랑? 이게 사랑이야?"

주유는 눈을 희번덕거리며 말했다.

"힘과 돈이 있으면 어떤 계집도 내 손 안에 들어오지. 지금 소가주가 하는 행동도 그렇잖아? 무적가라는 절대적인 무력을 동원해서 남의 아내를 내 것으로 만들고자 하는데, 그걸 사랑이라고 해야 하나?"

오곤은 대꾸하지 않았다.

"저건 집착이지. 탐욕이고 욕심인 게지. 뭐, 그게 나쁘다는 건 아냐."

주유는 자하의 앞에 서서 연신 안절부절못하는 제갈원을 바라보며 말했다.

"계집 하나를 얻기 위해 나라를 버리거나 자식을 죽인 황제들도 있으니까. 또 원래 힘과 권력이 있는 자가 미녀를 차지하는 법이니까."

주유가 말을 하고 있는 동안, 제갈원은 다시 시간이 되었다며 자하를 재촉하고 있었다. 주유는 어깨를 으쓱거리며 말을 맺었다.

"단지 그 집착과 탐욕을 두고 사랑이라는 그럴 듯한 말로 포장하지는 말라 이거지."

"그렇군."

잠자코 듣고 있던 오곤이 말했다.

"자네 말이 맞아. 내 생각이 짧았네. 사과하지."

"뭐 사과까지야……."

주유는 그렇게 중얼거리다가 갑자기 자리에서 벌떡 일어났다.

"이거 좋지 않은데."

그렇게 중얼거리는 그의 시선은 제갈원과 자하에게 꽂혀 있었다.

2. 속전속결뿐이다

담우천은 쉬지 않고 말을 달렸다.

벌써 두 필의 말이 피거품을 토하고 쓰러졌다. 지금 타고 있는 세 번째 말 역시 눈알이 희번덕거리고 입에서는 게거품이 일었다.

그러나 담우천은 계속해서 고삐를 흔들고 채찍을 후려쳤다.

결국 그를 태운 말은 발을 헛디디나 싶더니 그대로 굴러 쓰러졌다. 그리고는 두 번 다시 일어나지 못했다.

그나마 다행이었다.

세 번째 말이 쓰러진 곳은 안강촌 입구에서 그리 멀리 떨어지지 않은 한적한 들판이었다.

날은 어두워졌고 바람은 서늘했다. 어느덧 밤에는 한기가 살짝 느껴질 계절이 찾아온 것이다.

담우천은 곧장 안강 마을로 달려가려다가 마음을 바꿨다.

'혹시 놈들이 먼저 도착했다면 마을을 통해 산 위로 올라

가는 길은 위험할 수도 있다.'

놈들과 조우하는 게 두려운 것이 아니다. 괜히 시간을 지체하다가 돌이킬 수 없는 불상사가 벌어질 수 있기 때문이었다.

그래서 세 필의 말을 죽이면서까지 달려오지 않았던가.

그래서 담우천은 마을로 향하지 않았다.

그는 마을을 빙 돌아서 숲으로 들어갔고 계곡을 따라 거슬러 올라갔다.

물론 담우천은 알지 못했다. 그가 마을로 들어섰다면 들것에 실린 채 산을 내려오는 제갈원 일행과 맞부딪칠 뻔했다는 사실을.

밤이 깊어서일까.

계곡의 물은 상당한 울림을 가지고 흘러내렸다. 괴물이 목젖을 울리며 으르렁거리는 것과 비슷한 소리였다.

담우천은 계곡의 바위와 바위를 밟아서 한 번의 도약으로 십여 장의 거리를 확확 뛰어넘었다.

'다 왔다. 조금만 기다려라.'

담우천의 뇌리에 자하가 떠올랐다. 그 뒤로 무투광자를 비롯한 동료들과 아이들, 소화가 연달아 그려졌다. 다들 환하게 웃고 있었다. 이제 조금만 더 가면 그들과 만날 수가 있는 것이다.

담우천의 가슴이 쿵쾅거렸다. 이런 경우는 거의 처음이 었다. 언제나 냉정하고 차분하던 그의 심장이 두근거리고 있는 것이다.

그때였다.

"그래. 역시 내 생각대로군."

담우천의 가슴에 찬물을 끼얹는 듯한, 투박하되 묵직한 음성이 저 계곡 위쪽에서 들려왔다.

담우천은 처음으로 질주를 멈췄다.

십여 장 떨어진 계곡가에 한 노인이 팔짱을 끼고 웃통을 벗은 채 서 있었다. 작달막한 체구였지만 단단한 돌처럼 울 퉁불퉁한 근육질의 몸매를 지니고 있었다.

담우천은 호흡을 가다듬으며 냉정함을 유지하려 했다. 그러나 여전히 그의 가슴은 심하게 두근거렸다. 물론 그것 은 조금 전과는 또 다른 이유의 두근거림이었다.

노인을 본 순간 담우천은 직감적으로 알아차렸다. 저 웃 통을 벗은 채 자신을 기다리고 있는 자가 누구인지, 왜 이 곳에서 홀로 그를 기다리고 있는지.

'투신 전앙.'

그렇다.

바로 저 늙은이가 삼신 중에서도 가장 강한 무위를 지녔다고 알려진 투신 전앙이었다.

강한 자와 싸울 수만 있다면 자신의 목숨을 내놓아도 좋다는 자.

싸우기 위해서 삶을 살아가는 자.

제 몸에 그려진 수백 개의 흉터를 훈장처럼 여기는 자.

그리고 수백 판의 싸움을 경험했으면서도 아직껏 살아 있는 자.

그게 가장 중요하고 대단한 점이었다. 수백 판을 싸우면서 단 한 번도 물러서지 않았지만, 그래도 지금껏 죽지 않고 살아남았다는 것이.

세상의 모든 무인을 통틀어 저 유명한 공적십이마들과 모두 한 번 이상씩 싸워본 자는 오직 투신 전앙이 유일했다. 그만큼 그는 강했다.

물론 그 승부를 모두 이긴 건 아니었다.

결국 승패를 가리지 못하고 끝내야 했거나, 혹은 죽음에 가까울 정도의 중상을 입고 쓰러진 적도 있었다.

하지만 투신 전앙은 그 어떤 부상을 입어도 죽지 않고 살아났다. 또한 그는 그 어떤 처참한 패배를 당해도 좌절하지 않았다.

그는 패배의 아픔과 분노를 제 성장의 밑거름으로 삼았다.

한 번 패배할 때마다 그는 점점 더 강해졌다. 그게 전앙이었고 사람들에게서 투신이라 불리는 이유였다.

그 투신 전앙이 담우천의 앞을 가로막고 서 있었다. 이유는 오직 하나였다.

"자네가 강하다는 소리를 들었지."

투신 전앙은 팔짱을 풀며 말했다. 몸 곳곳에 새겨진 크고 작은 흉터들이 지렁이처럼 꿈틀거렸다.

"사실 꽤 예전부터 들은 바가 있었네. 비선의 행수가 어린 친구치고는 제법 강하다고 말이지. 하지만 그때는 어쨌든 같은 편이어서 싸울 생각을 하지 못했고… 정작 싸울 때가 되니 자네의 생사가 불분명해지더군."

전앙의 목소리는 투박했다. 카랑카랑 울려 퍼시지도 않았고 멋진 울림을 지니지도 않았다.

그러나 그가 한마디 한마디 할 때마다 주변 공기가 흔들리면서 천천히 담우천을 향해 압박해 들어왔다.

그리하여 담우천의 전신은 전앙이 뿜어내는 거대한 압력에 의해 꽁꽁 묶이는 것만 같았다.

평범한 고수라면 그 무형의 압박감만으로 무릎을 꿇을 정도로 강렬무비했다.

강하다.

담우천은 그 무지막지한 압박감에도 불구하고 꿋꿋하게

버티고 선 채 그렇게 생각했다.

지난 십여 년 동안 변방의 끝자락에 은거하고 있다가 다시 출도한 무렵. 그 일 년 가까운 시간 동안 담우천은 수많은 무인들과 고수를 만났다.

그중에서 가장 강한 자를 꼽으라고 한다면 역시 소림의 성승들과 요 근래 만났던 혈천노군 정도였다.

확실히 그들은 고수였다.

담우천이 전력을 다해 싸워도 이길 자신이 없는, 강호무림에서 몇 명 되지 않는 최절정의 고수.

'투신도 그들 못지않게 강하다.'

담우천은 이마가 훤하게 벗겨진, 언뜻 보면 평범한 시골 촌로에 불과한 전앙을 바라보며 그렇게 생각했다.

무공 고수들에게 서열이라는 게 존재한다면, 등급이라는 게 실재한다면 그 최상층 꼭대기에 모여 있는 몇몇의 초극고수. 그중 한 명이 바로 투신 전앙일 것이라고.

투신 전앙은 담우천이 무슨 생각을 하는지 전혀 신경 쓰지 않은 채 오로지 제 할 말만을 계속해서 늘어놓고 있었다.

"그런데 자네가 살아 있다는 이야기를 들은 게야. 그것도 예전보다 훨씬 강해져서 돌아왔다더군. 그러니 어찌 기쁘지 않겠는가."

전앙은 웃는 듯했다. 햇볕에 검게 그을린 그의 얼굴에 한 가닥 새하얀 선이 길게 그어졌다.

"이곳에 오는 동안 오직 자네와 싸울 생각만 하고 있었지. 사실 위에서 무슨 일이 일어나는지는, 내가 알 바 아니거든."

담우천의 얼굴이 살짝 일그러졌다.

'늦었구나.'

투신 전앙이 이곳에서 자신을 기다리고 있다는 것은 이미 제갈원 일행이 당도했음을 의미했다.

어쩌면 지금쯤 자하와 무투광자들은 놈들의 마수를 피해 도망 다니고 있을지도 모른다.

어쩌면 생사의 고비가 걸린 중대한 상황에 직면해 있을지도 모른다.

그런 생각이 들자 더욱 초조하고 다급해졌다.

하지만 담우천은 여전히 무심한 얼굴로 투신 전앙을 보며 말했다.

"나와 겨룰 생각을 했다니, 영광이오."

맞는 말이다.

투신 전앙은 결코 약한 자와 싸우지 않으니까. 스스로 강하다고 인정하는 고수들만이 그의 목표였으니까. 즉 담우천은 투신 전앙이 인정해 주는 고수가 된 셈이었다.

"나도 싸움을 피할 생각은 없소."

역시 사실이었다.

지금껏 담우천은 그 어떤 싸움도 피한 적이 없었다. 자신에게 걸어오는 싸움은 설령 상대가 공적오마의 혈천노군이라 할지라도 피하지 않았다.

담우천은 계속 말했다.

"하지만 지금은 싸울 때가 아니오. 약속하겠소. 급한 용무를 마치는 대로 귀하를 찾아가겠소."

담우천은 최대한 정중하게 예우를 갖춰 말했다.

"그럴 수는 없네."

하지만 투신 전앙은 고개를 저었다.

"자네의 급한 용무라는 게 저 위에서 벌어지는 일이겠지."

그는 담우천을 향해 천천히 다가오며 말했다. 어느새 그들의 간격은 채 오 장도 되지 않았다.

"방금 전에 위쪽의 일은 귀하와 상관없다고 하지 않았소?"

"물론 상관없네. 단지 자네가 그곳에 가면 죽을 테니까, 나와 싸워보지도 못하고 말이야."

담우천이 가볍게 눈살을 찌푸렸다. 투신 전앙은 살짝 눈을 치켜뜨며 말했다.

"왜? 내 말이 거짓말 같은가?"

"난 죽지 않소."

"지금까지야 그랬겠지. 하지만 저 위에는 나 못지않은 실력을 가진 놈들이 둘이나 있거든. 그러니 위로 올라가면 자네는 반드시 죽네."

'역시… 삼신 모두 왔구나.'

눈앞이 깜깜해지는 것만 같았다.

투신 전앙 한 명을 상대하는 것만으로도 벅찬 실정에, 거기에다가 마신 주유와 사신 오곤까지 있는 것이다. 몰살(沒殺)이라는 단어가 절로 떠올랐다.

담우천과 약 이삼 장의 간격을 두고 멈춰선 전앙은 목과 어깨를 풀면서 말했다.

"그러니까 승부를 겨루자."

담우천은 입술을 깨물었다.

어쩔 도리가 없었다.

투신 전앙을 따돌리고 빠져나가는 것 자체도 거의 불가능한 일이었거니와, 무엇보다 저 위쪽에 사신과 마신이 있는 상황에서 투신까지 끌고 간다면 그야말로 설상가상(雪上加霜)의 일이 되는 것이다.

그렇다면…….

담우천은 자신을 향해 전의(戰意)를 붙태우고 있는 투신 전앙을 바라보여 결의를 다졌다.

속전속결뿐이다.

마음을 먹는 순간, 어느새 뽑아든 그의 검이 한 점 빛으로 변해 허공을 그었다.

담우천이 전력을 다해 펼친 십 성 수준의 무극섬사였다.

3. 죽은 것이다.

제갈원은 자하에게 다가가는 중이었다.

"약속했던 일각이 지났다. 이제 나와 함께 무적가로 돌아가자꾸나."

자하는 그가 다가서는 걸 보고도 아무 말 없이 우두커니 서 있었다. 그걸 허락의 뜻이라고 생각한 제갈원이 활짝 웃으며 손을 뻗었다.

"그래. 그래야지. 내가 널 얼마나 갖기 원했는지 아느냐? 이제 너는 내 것이다."

제갈원은 그렇게 말하며 자하의 가녀린 어깨를 잡았다. 일순 자하는 격렬하게 몸을 떨었다. 그녀의 얼굴은 새파랗게 질렸고 입술은 새하얗게 변했다.

제갈원의 손길이 닿는 순간, 지난 몇 개월간의 지옥과도 같았던 일들이 떠올랐던 것이다.

이미 잊어버렸다고 생각한 일들이, 상황들이, 그 더럽고 치욕스러운 모든 것들이 동시다발적으로 떠올라 그녀의 뇌리를 가득 메워 버렸다.

순간 그녀는 각오를 다졌다.

아이들 때문에, 남편 때문에 흔들렸던 마음의 갈등이 사라졌다. 역시 이자에게 다시 안기게 되느니 차라리 죽음을 택하는 게 나았다.

"응? 추운 게냐?"

제갈원은 그녀를 껴안으려고 했다.

자하는 몸을 움츠렸다. 그 바람에 그녀의 작은 몸이 제갈원의 품 안에 쏙 들어갔다.

제갈원은 그녀를 안고 속삭였다.

"추워하지 말거라. 무서워하지도 말거라. 내 곁에만 있으면 세상 모든 것이 너의… 헉!"

제갈원의 눈이 커졌다. 그는 자하를 내려다보았다.

언제부터였을까.

자하는 웃지도 않았고 무서워하지도 않았다. 모든 것을 초월한 듯 혹은 단념한 듯한 담담한 눈빛. 자하는 그런 무심한 시선으로 제갈원을 쳐다보고 있었다.

"왜?"

제갈원은 이해가 가지 않는다는 듯이 그녀에게 물었다.

그의 가슴 깊숙하게 파고든 한 자루의 비수.

왜 그걸 내게 찔러 넣은 거지?

제갈원은 그렇게 묻고 있었다.

하지만 자하는 대답하지 않았다.

아니, 대답할 수가 없었다. 그녀의 안색이 급격하게 변하고 있었다. 죽음의 빛이 그녀의 얼굴을 가득 메웠다.

제갈원이 그녀를 안으려는 순간, 이미 자하는 자결을 결심하고 있었던 것이다. 동시에 그녀는 아들 담호가 건네주었던 비수를 몰래 꺼내 들고 제갈원이 자신을 안기만을 기다리고 있었다.

그리하여 그녀는 제갈원의 가슴 깊숙하게 비수를 꽂아 넣었으며, 또한 본가(本家)에서 교육받은 대로 스스로의 목숨도 끊으려 했던 것이었다.

"소가주!"

마신 주유가 소리치며 벼락처럼 날아들었다.

한 번의 도약으로 이십여 장이나 되는 거리를 날아온 그는 손을 내뻗어 자하의 뒷덜미를 잡고 내던졌다. 십여 장을 날아 땅에 떨어진 그녀의 입에서 핏물이 분수처럼 뿜어져 나왔다.

"자, 자하… 그, 그녀를……."

그 광경을 본 제갈원이 안타깝게 말하며 손을 뻗었다.

그러나 마신 주유는 전혀 신경 쓰지 않은 채 제갈원의 상태를 확인했다.

단도는 깊숙하게 박혀 있었다. 자칫 제갈원의 목숨마저 위태로운 상황이었다.

마신 주유는 재빨리 제갈원의 명문혈에 손을 대고 자신의 내력을 주입했다.

"어떤가?"

뒤늦게 사신 오곤이 다가와 물었다.

"자……."

제갈원이 입을 열려고 했다. 오곤이 눈살을 찌푸리며 그의 혼혈을 점했다. 제갈원이 그대로 꼬꾸라지려는 걸 오곤은 재빨리 부축해 세웠다.

누군가 자신의 몸속으로 내공을 주입하는 와중에 입을 열거나 말을 하는 건 자살행위와 다름이 없었다. 거기에다가 내공을 주입하는 자에게까지 영향을 미칠 수도 있었다.

잠시 후 주유가 손을 떼며 이마의 땀을 닦았다.

"어떤가?"

오곤이 재차 물었다.

"다행히 심장을 비껴 찔린 것 같네. 하지만 꽤 위중한 상황일세. 나름대로 응급처치는 했지만 한시라도 빨리 좋은 의생을 찾아가 치료를 해야 하네."

주유는 아직도 제갈원의 가슴 깊이 박혀 있는 비수를 힐끗 보며 말했다.

오곤이 한숨을 쉬었다.

"이런 변고가……."

잠시 한눈을 판 게 잘못이었다.

무공을 익히지 않은 여인에 불과했다. 비 맞은 새처럼 오들오들 떨고만 있던 불쌍한 계집이었다. 게다가 상대는 천하의 제갈원이었다. 그랬기에 오곤이나 주유는 암습을 전혀 생각하지 않았다.

어쩌면 제갈원은 더욱 그러했을 것이다.

사랑하는 여인에게 칼을 맞을 것이라고는 아예 상상조차 하지 않았을 게다. 그래서 제갈원은 완벽하게 무방비였고, 또 그녀가 비수를 찌르는 순간에도 제 몸을 보호할 생각은 전혀 하지 않았던 것이리라.

"소가주를 치료할 만한 곳이……."

예서 가장 가까운 남창(南昌)에 태극천맹의 지부가 있었다. 그곳이라면 약당(藥堂)도 있을 테고 수준 높은 의생도 있을 것이다.

거기까지 생각이 미친 오곤은 주위를 둘러보며 말했다.

"절반은 남창 태극천맹 지부로 철수한다. 그리고 나머지 절반은 이곳에 남아서 아까 그 연놈들을 찾아 모조리 죽여라."

"존명."

지시를 받은 수하들은 일사분란하게 움직였다. 오곤의 지시는 곧 무적가의 모든 사람에게 전해졌고, 그들은 자율적으로 두 개의 조를 구성했다.

제갈원을 태극천맹 남창지부로 호송할 조가 모여들었다. 그들은 재빨리 들것을 만들어 제갈원을 태웠다. 오곤이 주유를 돌아보며 물었다.

"같이 갈 텐가?"

주유는 당연하다는 듯이 대답했다.

"담우천이라는 애송이를 죽이는 것보다는 소가주의 목숨을 살리는 게 더 중요하니까."

그는 힐끗 산 위를 쳐다보며 말을 이었다.

"게다가 놈의 동료들을 보니 녀석도 그리 별 볼 일이 없어 보이거든."

오곤은 고개를 끄덕이고는 은한백을 불러 지시를 내렸다.

"자네가 이곳을 책임지게."

구백 중의 한 명인 은한백이 공손하게 허리를 숙였다.

"알겠습니다."

"놈들을 모조리 죽이기 전에는 결코 돌아오지 말고."

"명심하겠습니다."

"그래. 일 보게."

오곤이 돌아서려는 찰나, 은한백이 머뭇거리며 입을 열었다.

"헌데……."

"뭔가?"

"저 여인은 어찌합니까?"

은한백은 아무렇게나 쓰러져 있는 자하를 가리키며 물었다.

오곤이 눈살을 찌푸리며 말했다.

"죽었으면 가만 놔두고 죽지 않았으면 죽이게."

은한백이 조심스레 입을 열었다.

"하지만 저 여인은 소가주께서 진심으로 아끼는……."

"상관없네."

오곤은 딱 부러지게 말했다.

"소가주를 암살하려 했던 계집이야. 살려두면 앞으로도 계속 말썽이 일어날 게야."

"그럼 소가주께는……."

"자결했다고 말하게. 그럼 되지 않나?"

"알겠습니다."

은한백은 허리를 숙인 후 자하의 생사를 확인하기 위해 발길을 돌렸다.

오곤은 혀를 찼다.

그리고는 주유와 함께 제갈원을 호송하는 무리에 합류하여 산을 내려갔다. 최대한 빨리 의생에게 보여야 했다. 이런 곳에서 머뭇거릴 여유가 없는 것이다.

자하에게 다가간 은한백은 그녀의 맥을 짚었다. 그리고는 혀를 차며 자리에서 일어났다.

"네 운명이 박복함을 탓하라."

죽은 것이다. 바닥에 내팽개쳐진 충격이 컸던 게다.

은한백은 더 이상 그녀에게 신경을 쓰지 않았다. 그는 주위를 둘러보았다. 오십여 명의 든든한 수하가 주변에 몰려 있었다. 그는 짧게 말했다.

"놈들을 모조리 찾아 죽이도록."

"존명!"

무인들도 짧게 외쳤다. 그들은 곧 모옥 주변을 벗어났다.

어느새 밤은 깊었다.

모옥 주변으로 스산한 바람만이 불어오는 가운데, 자하
의 죽은 시신이 홀로 덩그러니 놓여 있었다.
쓸쓸하고 우울한 밤이었다.

第三章
사랑해요

희미한 신음이 그녀의 입에서 흘러나왔다.

담우천은 환청이라도 들은 듯 깜짝 놀라며 그녀를 내려다보았다. 하지만 분명 그녀의 입에서 나온 신음이었다.

그뿐이 아니었다. 멈췄던 심장의 고동이 미세하게나마, 그리고 희미하게나마 움직이기 시작했다.

기적이다.

기적이 일어난 것이다. 놀랍게도, 믿을 수 없게도 지금껏 죽어 있던 그녀가 다시 살아난 것이다.

1. 조금만 버텨라

번쩍!

차가운 섬광이 일직선의 파동을 일으키며 허공을 갈랐다. 그 섬광에 반응하면 이미 늦은 것이다.

섬광은 검이 지나간 자리.

그러니 섬광을 보게 된다면 이미 그의 목젖에 구멍이 뚫린 후인 것이다.

투신 전앙은 그 섬광이 번뜩이는 것을 지켜보았다.

하지만 그의 목에는 구멍이 뚫리지 않았다. 분명히 그 자리에 서 있었는데 마치 검이 일부러 그를 비껴 찌른 것처럼 허공을 꿰뚫었던 것이다.

담우천은 펼칠 때처럼 빠르게 검을 회수했다.

두 번째였다, 무극섬사가 이렇게 완벽하게 파훼된 것은.

'현일성승…….'

소림사의 참회동에서 담우천은 무극섬사를 펼쳤음에도 불구하고 현일성승의 옷자락 하나 건드리지 못했다. 도리어 담우천은 그의 관음무영장에 격중당해 나동그라졌다.

그때보다는 무위가 상승한 것일까. 아니면 이 투신 전앙의 실력이 현일성승에게는 미치지 못한 것일까.

전앙은 손을 들어 가볍게 목덜미를 매만졌다. 그의 손가락에 약간의 혈흔(血痕)이 묻어났다. 무극섬사를 완벽하게 피해내지 못한 것이다.

"좋아."

전앙이 씨익 웃었다.

상대가 강할수록 더욱 힘이 솟는다는 자였다. 어떤 의미에서는 미치광이라고 해도 과언이 아니었다.

미치광이, 하니까 떠오르는 이름이 있었다.

무투광자.

'자하를 제대로 보호하고 있겠지?'

무공에, 싸움에 미친 자라는 의미로 치자면 무투광자와 투신 전앙은 거의 비슷했다. 물론 그들의 무공 수위는 현격

한 차이가 났지만, 어쨌든 싸우는 거 하나는 밥 먹는 것보다도 좋아하는 성격은 같았다.

아무리 그런 무투광자라 하더라도 마신이나 사신을 앞에 두고서 마구잡이로 덤벼들지는 않을 것이다. 외려 상대의 무서움과 강함을 알기에 동료들을 다독이며 자하와 담우천의 아이들을 보호하는 데 주력할 것이다.

'살아만 있다면 말이지.'

담우천은 냉정하게 호흡을 가라앉히며 내심 중얼거렸다.

'조금만 버텨라. 내가 곧 가마.'

순간, 담우천은 황급히 어깨를 젖혔다.

보이지 않는 무언가가 매서운 속도로 날아드는 걸 느꼈기 때문이었다.

스팟!

그 무언가가 그의 어깨를 스치고 지나갔다. 옷이 찢어지고 피부가 벗겨지며 피가 튀었다.

만약 담우천의 반응이 조금만 늦었더라면 어깨가 박살 났을 것이다.

"좋아!"

전앙의 목소리가, 미소가 조금 더 커졌다.

"내 경혼권(驚魂拳)을 그렇게 가볍게 피해내다니."

경혼권은 강기류(罡氣類)의 수법이었다.

주먹에 내공을 모아 뻗는 순간, 내공이 외부로 발현되어 강기처럼 뻗어나갔다.

그래서 일반 내공 실린 권격(拳擊)보다 속도가 훨씬 빠르며 파괴력이 강한 공격이었다.

"그럼 이것도 피할 수 있나 보자!"

전앙은 흥이 솟구친 듯 두 주먹을 연달아 뻗어냈다.

콰콰콰!

조금 전과는 달리 강맹무비한 파공성이 쏟아져 나왔다.

담우천은 황급히 보법을 펼쳐 일곱 차례나 자리를 바꿨다.

콰콰쾅!

마치 폭약이라도 디진 듯 지면에 구녕이가 생기며 흙먼지가 사방으로 비산했다.

"으음."

낮은 신음이 뭉게구름처럼 사방으로 퍼진 그 흙먼지 속에서 흘러나왔다.

담우천이 흘린 신음이었다.

흙먼지가 가라앉기도 전에 전앙은 다시 손을 뻗었다. 놀랍게도 그의 손에는 한 자루의 기다란 장창(長槍)이 들려 있었다.

도대체 그 장창은 어디에서 난 것인가, 또 언제 그의 손에 쥐어진 것인가.

장창 끝에는 핏물이 선홍하게 묻어났다. 담우천의 옆구리를 찌른 흔적이었다.

"생각보다 비열하군."

흙먼지 너머 저편에서 담우천의 목소리가 들려왔다. 그는 무려 십여 장이나 뒤로 물러나 있었는데, 옆구리는 피로 홍건하게 젖어 있었다.

"비열하다?"

투신 전앙은 거둬들인 장창을 양손으로 꺾었다. 이내 그의 장창은 오절곤(五截棍)의 형태로 변했다.

다섯 개의 곤은 가늘면서도 튼튼한 줄에 연결되어 있었는데, 오절곤으로 사용할 수도 있었고 연결해서 창으로 만들어 공격할 수도 있는 무기였다. 게다가 그 양쪽 끝에는 날카로운 검날이 박혀서 어느 쪽으로 공격을 퍼부어도 충분한 살상력을 보여줄 수 있었다.

"뭐가 비열하지?"

이해가 가지 않는다는 듯이 전앙은 고개를 갸웃거렸다.

"파황폭권(破荒爆拳)만이라고 생각했는데 연속적으로 또다른 공격이 들어와서? 그건 자네의 생각이 짧음을 탓해야지. 내가 주먹과 발길질만 할 거라고 생각했다면 역시 자네의 무지함을 슬퍼해야지."

담우천은 대꾸할 말이 없었다.

그저 주먹질로 끝날 거라고 생각한 건 확실히 오산이었다. 파황폭권이라 칭한 공격은 이른바 허초(虛招)였고, 흙먼지로 시야를 가린 가운데 내지른 장창의 일격이야말로 진초(眞招)였던 게다.

거기에 당했다는 건 결국 수 싸움에서 밀렸다는 것이지, 결코 투신 전앙이 비열한 수법을 펼친 게 아니었다.

무엇보다 목숨을 걸고 싸우는데 비열한 게 어디 있는가.

상대를 죽일 수 있다면 그래서 내 목숨을 구할 수만 있다면 땅을 구르거나 상대의 낭심을 가격하거나 죽은 척하다가 뒤통수에 돌을 던져도 상관없었다.

살아남은 자가 정의이며 죽은 자가 죄인인 게다.

담우천은 옆구리를 지혈하며 앞으로 다가섰다.

오절권의 공격범위는 약 삼 장 정도, 검에 비하면 몇 배나 넓은 공간을 지배하고 있었다. 그 공간 내에서 적의 공격을 피하고 내 일검을 적중시키는 건 확실히 어려운 일이었다.

그렇다고 해서 물러난다면, 그건 적의 의도대로 행동하는 꼴이었다. 기다란 무기일수록 안으로 파고들어야 했다. 그래서 담우천은 더욱 거리를 좁혔다.

약 삼 장 정도의 간격까지 다가서는 순간이었다. 전앙의 손이 움직이는가 싶었는데 이내 창날 하나가 담우천의 가슴을 파고들었다.

미리 대비하고 있던 담우천은 곧바로 둔형장신보를 펼쳤다.

그러나 늦었다.

그의 움직임보다는 투신 전앙의 공격이 더 빨랐다. 가슴팍의 옷자락이 찢어지며 피가 튀었다.

다행인 것은 그리 깊지 않은 상처라는 것, 그리고 그 일격을 얻어맞음으로 인해서 더 안쪽으로 파고들어갈 틈이 생겼다는 것.

담우천은 폭광질주섬으로 단번에 삼 장여의 거리를 좁히고 전앙의 얼굴 앞까지 파고들었다.

일순 전앙이 크게 웃는 것 같았다.

동시에 무엇인가 담우천의 옆구리를 노리고 파고들었다. 전앙의 팔꿈치였다.

담우천의 얼굴이 일그러졌다.

반 바퀴 휘돌아 나온 그의 팔꿈치가 정확하게 담우천의 갈비뼈를 부러뜨린 것이다. 그러나 담우천은 허리를 구부리지도, 비틀거리지도 않았다.

대신 그 어느 때보다도 빠르고 정확하게 검을 내질렀다. 팔꿈치 공격을 하느라 훤히 드러나 보이는 전앙의 텅 빈 가습을 향해.

처음으로 전앙의 얼굴에서 미소가 사라지는 순간이었다.

살을 주고 뼈를 깎는 수법.

담우천은 이 일격으로 전앙을 죽이지는 못하더라도 최소한 움직이기 힘들 정도의 중상을 입힐 수 있을 거라고 자신했다. 바로 코앞에서 펼쳐진 무극섬사를 막아낼 자는 아무도 없었으니까.

쩌엉!

그 순간, 검을 쥔 손바닥이 울렸다. 그 울림은 이내 손목을 타고 팔뚝을 지나 어깨까지 올라갔다.

우두둑.

어깨가 탈골되는 소리가 몸 깊숙한 곳에서 울려 퍼졌다.

그리고 나서야 전앙의 가슴을 찔러갔던 검이 산산이 부서져 내렸다. 놀랍게도 담우천의 무극섬사는 전앙의 가슴에 겨우 손톱 만한 상처만 만든 채 수포로 돌아간 것이다.

'호신강기인가?'

담우천은 주춤 뒤로 물러서며 왼손을 들어 어깨뼈를 제대로 맞췄다.

우둑, 소리와 함께 뼈와 뼈가 이어졌다.

하지만 오른손은 마비라도 된 듯 움직일 수가 없었다. 방금 전 전앙의 호신강기에 의한 반탄지력(返彈之力)에 크게 당한 후유증인 것이다.

만약 그때 전앙이 공격을 펼쳤다면 담우천은 꼼짝없이 당하고 말았을 것이다.

그러나 전앙은 공격하지 않았다. 외려 담우천처럼 뒤로 몇 걸음 물러나면서 담우천의 이어지는 공격을 대비하는 모습을 보였다.

그리고는 우웩, 하면서 선혈 한 모금을 토해냈다. 알고 보니 전앙도 무사한 게 아니었다. 비록 호신강기로 담우천의 무극섬사를 퉁겨내기는 했지만 그 충격으로 인해 적지 않은 내상을 입은 것이다.

담우천은 오른손을 축 늘어뜨린 채 전앙을 지켜보았다.

비록 양쪽 모두 부상을 입었다고는 하나 상황은 담우천에게 절대적으로 불리했다. 유일한 무기였던 검이 산산조각 나고 오른손이 무용지물이 된 이상, 그의 무공은 거의 쓸 모가 없게 된 셈이었다.

반면 전앙에게는 오절곤이 있었다. 또한 권각술만으로도 수백 명의 고수를 상대할 수 있는 능력을 지녔다. 게다가 내상을 입었다고 해서 내공을 전혀 사용하지 못하는 것도 아니었다.

"졌군."

담우천은 저도 모르게 중얼거렸다.

승자는 전앙이었다. 그러나 정작 승리의 주인공인 전앙의 표정은 그리 밝지 않았다.

"비열하기로 따지자면 자네도 만만치 않군."

전앙은 비웃듯 말했다.

'응?'

담우천은 그게 무슨 의미인지 몰라 살짝 눈매를 치켜세웠다.

전앙이 어둠에 물든 계곡가를 힐끗 돌아보며 말했다.

"일대일의 싸움에 이런 조력자들을 끌어오다니 말이지."

담우천은 전앙의 시선을 따라 고개를 돌렸다.

어둠 속, 개울의 커다란 바위 뒤에서 두 개의 진한 그림자가 모습을 드러냈다.

'누구?'

담우천이 의아해할 때였다. 그림자들이 입을 열었다.

"여기는 우리가 맡겠습니다, 담 대협."

그 말이 신호였는지 그 뒤로 수십 개의 그림자가 천천히 자신들의 모습을 드러냈다. 그들 모두 하나같이 만만치 않은 기도를 뿜어내고 있었다.

2. 기적이다

담우천은 그제야 알아차릴 수 있었다. 이들이 누구인지, 누가 보내서 왔는지.

'황계 사람들이구나.'

그럴 것이다. 자신과 자하의 일거수일투족을 관찰하고 주시하는 이들 중에 그나마 적이 아니라고 말할 수 있는 건 오직 황계와 십삼매뿐이었으니까.

담우천의 추측은 정확했다.

처음 모습을 드러낸 두 명의 그림자는 황계 무한지부에서 담우천 일행을 감시하기 위해 파견된 자들이었다. 그리고 그들 뒤에 나타난 수십 개의 그림자는 십삼매의 밀지(密旨)를 받은 황계의 무인들이었다.

앞선 그림자들 중 하나가 다시 말했다.

"어서 위로 올라가십시오. 담 대협."

담우천은 일순 망설였다.

저자들의 도움은 그리 기분이 좋지 않은 도움이었다.

하지만 그 도움을 마다하기에는 지금 상황이 너무나도 촉박했다.

그래서 담우천은 이내 고개를 끄덕이며 말했다.

"부탁하오."

그가 뒤로 물러서려 하자 전앙이 어림없다는 듯이 간격을 좁혔다.

"이대로 도망치게 놔둘 것 같더냐?"

전앙의 투박한 목소리와 함께 오절곤이 기이한 각도로 담우천의 머리를 가격해 왔다.

그러나 전앙은 끝까지 오절권을 휘두를 수가 없었다. 수십 개의 암기가 어둠을 틈타 빠른 속도로 그에게 날아들었던 것이다.

"젠장, 일대일의 정당한 비무를 방해하다니! 그러고도 네 놈들이 무인이란 말이냐?"

전앙은 담우천에 대한 공격을 포기하고는 오절곤의 방향을 바꿔 암기들을 쳐냈다.

그 순간을 틈타 담우천은 뒤로 훌쩍 물러났다가 곧바로 계곡 위쪽으로 질주하기 시작했다.

등 뒤에서 챙챙! 거리는 소리가 들려왔다. 낮은 신음과 짧은 기합이 연달아 이어졌다.

누가 이길까.

물론 약간의 내상을 입었다고는 하지만 전앙을 이길 수는 없을 것이다. 어쩌면 황계의 인물들 모두 죽거나 혹은 죽기 직전에 후퇴할 것이다.

하지만 담우천은 전앙과 황계의 싸움이 어떻게 진행되는지 전혀 신경 쓰지 않았다. 그저 전앙이 자신을 뒤쫓지 못한다는 점이 고마울 따름이었다.

지금 그의 곤두선 촉각은 저 산중턱의 모옥에 가 있었다.

신법을 펼치자 옆구리가 욱신거리며 제대로 호흡하기가 힘들었다.

조금 전에 당한 갈비뼈의 골절 때문이었다. 오른손은 아직도 움직이지 않았다.

'된통 당했군.'

담우천은 씁쓸하게 중얼거렸다.

하지만 어쩌면 이 정도로 끝난 게 다행일지도 몰랐다. 황계의 인물들이 나타나지 않았더라면 아마 그곳에서 담우천은 이번 생(生)을 마쳐야 했을 것이다.

역시 투신 전앙은 강했다. 담우천 나름대로 최강의 무공을 펼쳤지만 정작 전앙의 진정한 실력조차 보지 못한 채 패퇴한 것이다.

하지만 역시 담우천은 신경 쓰지 않았다. 아니, 신경 쓸 겨를이 없었다.

담우천은 고통을 참으며 경신술을 펼쳤다. 순식간에 개울을 뛰어넘고 몇 개의 바위를 밟으며 방향을 틀더니 곧장 모옥을 향해 달려갔다.

교교하고 고즈넉한 달빛이 희미하게 내리비추는 가운데 이윽고 모옥들이 모여 있는 전경이 멀리 보였다. 주위는 조용했고 인기척은 느껴지지 않았다.

담우천은 천천히 질주를 멈추고는 주변을 둘러보았다.

비록 사위가 을씨년스러울 정도로 조용하고 아무런 기척이 없었지만 그래도 피 냄새가 느껴졌다. 싸움이 벌어졌다는 증거였다.

담우천은 입술을 깨물었다.

'늦었나?

그렇다면 결과는…….

자하는? 광자와 염요는? 아이들은?

그의 가슴이 두근거렸다. 그는 천천히 모옥을 향해 발길을 옮겼다.

무언가 거무튀튀한 물체가 땅바닥에 쓰러져 있는 게 언뜻 보였다.

담우천의 눈매가 가늘어졌다.

여인.

그 신체의 곡선만으로 보았을 때는 확실히 여자였다.

누굴까.

'자하는 아닐 것이다.'

담우천은 고개를 저었다.

자하라면 제갈원이 그대로 놔두지 않았을 테니까. 그의 집착을 생각한다면 자하의 시신이라도 무적가로 데리고 가서 좋은 자리 잡아 묻어주었을 것이다.

'염요…….'

그럴 가능성이 높았다.

담우천의 가슴이 아파왔다. 그러나 묘하게도 그 한편으로는 안도의 감정이 스며들고 있었다. 그래도 자하가 아닌 게 천만다행이라는 건가.

'바보다, 나는.'

이 와중에도 그런 생각을 하고 있다니.

담우천은 자신을 꾸짖으며 그 검은 물체를 향해 다가갔다.

그리고 그 물체의 정체를 확인하는 순간, 그의 얼굴은 귀신처럼 창백해지고 말았다.

"자하?"

태산이 무너지듯, 천 년의 고목나무가 쓰러지듯 그는 그 자리에 주저앉고 말았다.

믿을 수 없었다.

바닥에 아무렇게나 널브러져 있는 물체는 나찰염요가 아닌, 자하였던 것이다.

일순 담우천의 머릿속이 텅 비어졌다.

이 넓은 세상에 오직 담우천 홀로 앉아 있는 것 같았다. 세상 모든 것이 무너져 내린 것 같았다.

아무것도 생각나지 않았다. 눈앞이 새하얗게 변해서 아

무엇도 보이지 않았다. 두 귀가 막힌 듯 아무 소리도 들리지 않았다.

그의 육체는 모래성처럼 허물어졌고 그의 정신은 모래알처럼 흩어졌다.

그것도 잠시, 곧 담우천은 가슴이 찢어지는 것 같았다. 나찰염요가 죽었다고 생각했을 때와는 비교가 되지 않을 정도로, 그보다 백 배 천 배는 더 아픈 까닭에 담우천은 제대로 앉아 있을 수가 없을 지경이었다.

그래서 담우천은 두 손으로 땅을 짚었다. 그제야 바로 앞에 널브러져 있는 자하의 시신이 두 눈에 들어왔다. 그리고 귀가 뚫렸다. 그녀가 죽어가면서 내지른 비명이 사방에서 휘몰아쳐 왔다.

"자하……."

담우천은 힘겹게 입을 열었다. 굵은 눈물이 그의 퀭한 눈에서 흘러내렸다.

마를 대로 말라서 두 번 다시 흐르지 않을 것만 같았던 눈물이다. 그게 빗물처럼 담우천의 얼굴을 타고 떨어져 내리는 것이다.

"자하!"

담우천이 소리쳤다. 상처 입은 맹수가 울부짖었다.

"자하!"

담우천은 격렬하게 부르짖으며 그녀를 끌어안고는 얼굴을 마구 비볐다. 그의 굵은 눈물이 자하의 핏기 사라진 얼굴을 적셨다.

담우천은 몸부림을 치며 그녀를 흔들어 깨우려고 했다. 그러나 이미 맥이 끊어지고 심장이 멎은 그녀가 되살아날 리는 만무했다.

담우천은 소리 내어 울기 시작했다. 어린아이처럼 그는 전혀 부끄러워하지 않고 통곡하듯 울었다. 눈물이, 콧물이 그의 얼굴에 번져 흘렀다.

그때였다.

"으음……."

희미한 신음이 그녀의 입에서 흘러나왔다.

담우천은 환청이라도 들은 듯 깜짝 놀라며 그녀를 내려다보았다.

하지만 분명 그녀의 입에서 나온 신음이었다.

그뿐이 아니었다. 멈췄던 심장의 고동이 미세하게나마, 그리고 희미하게나마 움직이기 시작했다.

기적이다.

기적이 일어난 것이다.

놀랍게도, 믿을 수 없게도 지금껏 죽어있던 그녀가 다시 살아난 것이다.

3. 가사속명삼일결

담우천은 이게 무슨 영문인지 헤아릴 틈이 없었다. 자하의 몸이 움직이는 걸 본 그는 황급히 그녀를 내려놓았다. 그리고는 얼른 그녀의 맥문을 짚었다.

그는 지금 자신의 얼굴에 뒤범벅되어 있는 눈물과 콧물을 닦을 겨를도 없었다.

놀라운 일이었다.

조금 전까지만 하더라도 끊어졌던 자하의 맥이 다시 가늘게나마 뛰고 있었다.

남우천은 그 맥문을 통해 진기를 주입했다. 그녀의 가슴이 부드러운 물결처럼 천천히 움직이기 시작했다. 숨을 쉬기 시작한 것이다.

"자하? 자하? 자하!"

담우천은 다급하게 그녀를 불렀다.

자하가 천천히, 아주 힘겹게 눈을 떴다. 담우천은 활짝 웃었다.

아직도 그의 눈에서는 눈물이 흘러나오고 있는데, 이 기쁜 미소는 또 뭐란 말인가?

"살아 있었구나, 자하. 나다, 우천이다."

담우천은 자하를 부르고 또 불렀다.

자하는 아직도 제정신이 아닌 듯 눈을 깜빡거리다가 겨우 희미하게 미소를 머금었다. 여전히 선녀처럼 아름답고 비단처럼 부드러운 미소였다.

담우천은 그녀를 꼭 껴안았다. 그녀의 목소리가 들려왔다.

"역시… 와줬어요."

핏기가 없는 목소리라는 게 이런 것일까. 생기 사라진 음성이라는 게 이런 것일까.

담우천은 다시 한 번 가슴이 철렁거렸다.

'이런, 바보. 그녀가 깨어났다는 것만 신경 쓰느라 자세히 진맥을 하지도 않았다.'

그는 아차 싶어서 자하의 맥을 짚어보았다. 이내 그의 얼굴이 일그러졌다.

희미하나마 맥은 뛰고 있지만 매우 불규칙하고 불안정해서 언제 끊어질지 몰랐다. 알고 보니 그녀는 상당한 중상을 입은 상태였다.

'어디지? 어딜 다친 거야?'

담우천은 다급한 얼굴로 자하의 전신을 살폈다. 하지만 외상은 찾아볼 수가 없었다. 그녀가 토해낸 선혈로 미루어 보건대 내상을 입은 게 분명했다. 내장 부분일까, 아니면 또 다른 곳일까.

담우천은 그녀의 몸속으로 진기를 주입했다. 그리고 진기의 흐름이 원활하게 이뤄지지 않는 곳을 감지하려 했다. 그러나 좀처럼 내상을 입었다고 짐작되는 부위를 찾을 수가 없었다.

반면 자하는 불안해하고 초조해하는 남편과는 달리 만족스럽다는 얼굴로 말했다.

"스스로 맥을 끊을 때만 하더라도 걱정되기는 했는데… 역시 되살아났네요."

일순 담우천의 표정이 딱딱해졌다.

"스스로 맥을 끊어? 그게 무슨 말이지?"

"우리… 가문의 비전(秘傳) 중 하나예요. 가사속명삼일결(假死續命三日訣)이라고……."

*　　　*　　　*

가사(假死)는 거짓 죽음이다. 생리적 기능이 약화되어 죽은 것처럼 보이는 상태를 말하거나 혹은 거짓으로 죽은 척한다는 뜻이다.

가사속명삼일결은 스스로 맥을 끊고 심장의 박동을 정지시켜서 죽은 척하는 무공이었다.

그 상태로 삼 일 동안은 생명을 이어갈 수 있는데, 만약 그때까지 누군가 체온을 함께한 상태에서 깨우지 않으면 영원히 깨어나지 않을 수도 있었다.

그런 위험 부담감이 있기 때문에 이 가사속명삼일결은 절체절명(絶體絶命)의 순간에서만 사용하는 비전이었다.

하지만 자하는 반드시 담우천이 자신을 깨워줄 것이라고 생각했다. 자신이 푸르뎅뎅한 시신이 되어 있다 하더라도 그는 반드시 자신을 껴안고 따듯한 온기를 나눠줄 거라고 믿었다.

그래서 그녀는 과감하게 가사속명삼일결을 시전할 수 있었고, 또 그래서 당당하게 제갈원의 앞에 나설 수 있었던 것이다.

우리 가문이라는 건 황계를 뜻하는 것이리라. 가사속명삼일결은 아마도 황계의 고위직 인물들이 잡히거나 고문당하게 되는 경우에 대비한 최후의 구명절기(求命絶技)일 게다.

담우천은 언뜻 그런 생각을 하면서 입을 열었다.

"큰일 날 뻔했다."

담우천은 갈수록 작아지는 그녀의 목소리가 신경 쓰이는 듯한 표정을 지은 채 말했다.

"그렇게 위험한 걸 함부로 펼치다니. 가사속명……."

담우천이 그렇게 중얼거리는 순간 그의 뇌리를 스치고 지나가는 생각이 있었다.

그는 서둘러 품을 뒤져서, 성도부의 구씨 의생이 선물로 주었던 금낭 두 개를 꺼냈다.

"속명환이라고 했다. 정기를 충(充)하고 생기를 보(保)하는 효능이 있다고 했으니 분명 효능이 있을 것이야."

그는 속명환이 담긴 금낭을 풀어 환약 한 알을 꺼냈다. 자하의 입을 벌려 넣어주었으나 그녀는 삼킬 힘조차 없는 것 같았다.

담우천은 다시 그 환약을 꺼내 제 입으로 녹인 다음 입을 통해서 그녀의 입속으로 밀어 넣었다.

"정말… 다행이에요. 죽기 전에 꼭 만나고 싶었는데……."

그녀는 미소를 지으며 말했다.

"말하지 말라니까. 약부터 제대로 삼킬 생각을 해야지."

담우천이 짜증을 냈다.

이 가사속명삼일결이 부작용을 일으킨 것일까. 왜 별 다른 상처가 보이지 않는데 이렇게 맥이 불안정하고 희미할까.

물론 담우천은 알지 못했다.

가사속명삼일결에는 어떠한 부작용도 없었다.

단지…….

자하가 제갈월의 가슴에 비수를 꽂은 이후, 마신 주유가 그녀를 내팽개치는 와중에 머리부터 땅에 떨어지면서 머리 내부에 커다란 충격을 입었던 것이다.

지금 자하의 머릿속에는 혈관이 터져서 피가 가득 넘쳐 흐르고 있었다. 즉사해도 전혀 이상하지 않을 정도의 심각한 뇌대출혈(腦袋出血).

그런 까닭에 속명환이 아니라 대라신선(大羅神仙)이 와도 그녀를 살릴 수 없다는 것을 그는 알지 못했다.

"도대체 어딜 다친 거야? 왜 맥이 점점 희미해져 가는 거지, 응?"

담우천은 계속해서 안절부절못했지만 자하는 한없이 맑고 깨끗한 눈빛으로 그를 쳐다보았다.

"사랑해요."

그녀가 소곤거리듯 말했다.

"나도 사랑한다."

담우천은 억지로 입을 열었다.

그녀는 안심했다는 듯이 빙긋 웃었다.

그 순간, 그녀의 눈가에 조금 남아 있던 생기가 사라지기 시작했다.

담우천은 초조한 나머지 그녀의 단전에 손을 얹고 내공을 주입하려 했다.

그녀가 힘겹게 다시 입을 열었다.

"아이들을……."

"무슨 소리를 할 생각이냐? 듣지 않겠다."

담우천이 고개를 저었다.

바로 그때였다.

그녀의 눈빛이 급격하게 변했다. 총기가 사라지고 맑은 기운이 없어졌다. 초점이 풀리고 탁해진 눈동자가 힘을 잃고 흔들리는가 싶더니, 이내 한 바퀴 돌아가면서 새하얀 자위만 남게 되었다.

"자하, 자하!"

담우천이 울부짖으며 그녀를 껴안았다. 그녀가 되살아나기 전보다 더 큰 통증이 그의 가슴을 후려갈기고 있었다.

"아이들을……."

거품이 이는 소리가 그녀의 목구멍 깊은 곳에서 핏물처럼 흘러나왔다.

부글부글 끓어오르는 목소리. 몇 갈래로 갈라져서 도저히 알아들을 수 없는 목소리.

그런 목소리마저도 제대로 잇지 못하던 그녀는 결국 담우천의 품속에서 온몸을 축 늘어뜨렸다.

"자하, 자하! 자하!"

담우천이 목 놓아 그녀의 이름을 불렀지만 허사였다. 조금 전과 같은 기적은 더 이상 일어나지 않았다. 구씨 의생의 속명환도, 황계의 빌어먹을 가사속명삼일결도 그녀의 죽음을 되돌리지 못했다.

죽었다.

그녀는 죽은 것이다. 세상 모든 게 끝난 것이다.

담우천은 한참을 소리쳐 부르다가 결국 그녀를 끌어안은 채 쓰러지고 말았다.

눈물이 끊임없이 흘러내렸다. 전신의 기력이 눈물과 함께 몸 밖으로 빠져나가는 것만 같았다. 이대로 그녀와 함께 죽고 싶었다.

하지만 죽을 수는 없었다.

죽을 때 죽더라도 그녀를 이렇게 만든 자를 찾아내 갈기갈기 찢어놓아야 했다.

산 채로 놈을 잡아서 손으로 놈의 피부를 뜯어내고 속살을 파낸 다음 내장을 꺼내 찢어 먹어도 이 분은 풀리지 않을 것만 같았다.

제갈원.

'다른 놈들은 몰라도 네놈만큼은 내 반드시……'

하늘과 땅에 두고 맹세하마. 약속하마. 반드시 네놈을 갈아 먹겠다고 말이다.

　담우천은 바닥에 주저앉아 자하를 끌어안은 채 복수를
다짐하고 또 다짐했다.

　그때였다.

　강맹무비한 파괴력을 담고 있는 무엇인가가 담우천의 등
을 향해 소리 없이 날아들었다.

第四章
함께 싸우자

원래부터 놈은 독종이었다.

갓 무기를 잡기 시작했을 때부터 놈은 오기와 승부욕으로 똘똘 뭉쳐 있었다.

어리다고, 무공을 모른다고 얕잡아 봤다가 놈이 휘두른 목검(木劍)에 뒤통수나 목젖을 얻어맞고 쓰러진 형, 누나가 한둘이 아니었다.

놈에게 당한 건 동료들뿐만이 아니었다.

놈의 나이가 들고 제법 단단해진 근육을 지니게 되었을 때, 방심하던 교부 한 명이 놈의 비열한 암습에 당해 쓰러진 적도 있었다.

1. 원래부터 독종이었다

"자하! 자하! 자하!"

짝을 잃은 호랑이가 울부짖는 듯한 소리는 어둡고 교교한 한밤중의 산허리를 타고 사방으로 흩어졌다.

나찰염요를 비롯한 잔존 일당을 몰살하기 위해서 모옥 뒤편의 산을 수색하던 이들이 움찔 놀라 그 자리에 멈춰 섰다. 그들의 우두머리인 은한백 역시 잠시 우뚝 선 채 귀를 기울이다가 고개를 끄덕이며 중얼거렸다.

"담우천이로구나."

그 처절한 울부짖음을 듣고서도 은한백의 표정은 별반

달라지지 않았다.

"모두들 모옥으로 되돌아간다. 놈을 죽일 수 있는 절호의 기회다."

그는 수하들에게 지시를 내렸고 오십여 명의 무인은 빠르게 이동하기 시작했다. 그들의 선두에 선 은한백은 낮고 무미건조한 목소리로 중얼거렸다.

"놈은 구백 중 두 명을 죽인 자다. 그러니 우리 측의 수가 많다 해서 과신하거나 놈을 얕잡아보지 말라. 원래부터 놈은……."

은한백은 뒷말을 조용히 삼켰다. 괜히 수하들에게 동요를 일으킬 수 있었으니까.

원래부터 놈은 독종이었다.

갓 무기를 잡기 시작했을 때부터 놈은 오기와 승부욕으로 똘똘 뭉쳐 있었다.

어리다고, 무공을 모른다고 얕잡아 봤다가 놈이 휘두른 목검(木劍)에 뒤통수나 목젖을 얻어맞고 쓰러진 형, 누나가 한둘이 아니었다.

놈에게 당한 건 동료들뿐만이 아니었다.

놈의 나이가 들고 제법 단단해진 근육을 지니게 되었을 때, 방심하던 교부 한 명이 놈의 비열한 암습에 당해 쓰러진 적도 있었다.

이후, 그 교부는 동료들의 놀림감이 되었고 제자들의 비웃음을 받아야 했다. 그래서 결코 놈에게 좋은 감정을 가질 수가 없게 된 것이다, 은한백은.

'원래부터 그런 놈이었다. 제자가 스승을 죽일 수 있는…….'

은한백은 천자산에서 천혼백이 담우천에게 어떻게 살해되었는지 직접 보지는 못했다. 하지만 영고백이 담우천의 매정한 공격에 의해 우뚝 선 채로 활활 불타오르는 광경은 직접 목도할 수 있었다.

담우천이 보여주었던, 그때의 그 비정한 얼굴이란.

그것은 사람의 얼굴이 아니었다. 어렸을 적부터 자신을 끔찍하게 여기고 길러주었던 천혼백과 영고백을 악랄하게 죽인 괴물의 얼굴이었다.

은한백의 눈빛에 진한 살기가 감돌기 시작했다.

'상부의 명령을 듣지 않고 도주하고 지금껏 숨어 있던 죄, 두 사부의 목숨을 앗아간 죄, 주군의 몸에 상처를 입힌 죄.'

그 죄의 대가는 사형(死刑).

은한백은 선고를 내리는 심사관(審査官)처럼 엄숙한 표정을 지었다.

멀리 모옥의 모습이 희미한 달빛 아래로 내려다보였다.

그리고 모옥 앞의 조그마한 마당에 웅크리고 있는 검은 물체도 보였다.

놈이었다.

은한백은 손을 들어 흔들며 수하들에게 지시를 내렸다. 종대(縱隊)를 지어 뒤따라 달려오던 수하들이 일제히 사방으로 흩어졌다.

그들은 어둠과 주변 기물들을 통해 자리를 이동하여 순식간에 모옥 일대를 에워쌌다.

은한백은 담우천과 약 이십여 장 정도 떨어진 거리에서 멈춰 섰다.

그리고는 호위하듯 뒤에 서 있는 수하들에게 창 한 자루를 건네받고는 호흡을 가다듬었다.

약 오십여 장 밖의 산비탈에 드러누운 채 까칠까칠한 혀로 자신의 아름다운 가죽을 핥고 있는 거대한 호랑이. 그 호랑이를 단번에 절명시켰던 일격을 다시 한 번 시전하려는 것이었다.

'추혼비창(追魂飛槍).'

화살보다 몇 배는 강력하고 파괴력이 넘치면서도 파공성한 점 들리지 않는 추살령(追殺令)과 같은 일격.

호흡을 가다듬은 은한백은 내공을 한껏 끌어올려 창을 쥔 손에 모았다.

몸을 비스듬히 돌리며 어깨를 뒤로 젖혔다. 은한백은 목표를 노려보며 정확하게 창을 내던졌다.

아무런 소리도 들리지 않는 가운데, 창은 화살보다 빠른 속도로 날아갔다. 호랑이의 두개골은 물론, 천근 바위마저 단숨에 부술 정도의 위력이 실린 일격이었다.

'끝이다.'

창을 던진 은한백은 만족스러운 표정을 지었다. 창술을 익힌 이후 지금처럼 완벽한 일격을 펼친 적이 없다고 할 정도로 모든 것이 조화를 이룬 공격이었다.

이것으로 놈은 죽었다.

은한백은 다시 한 번 심사관이 되어 선고를 내렸다.

아니나 다를까 창은 정확하게 검은 물체를 관통하고 지면 깊숙하게 박혔다.

검은 물체가 움찔하는 것도, 놈을 관통한 창끝이 부르르 떨리는 모습이 멀리에서도 보였다.

비명을 내지를 틈도 없이 즉사한 것이다.

은한백은 콧노래라도 부르고 싶었다.

하지만 그는 경거망동하지 않았다. 놈의 숨이 끊어진 걸 확인할 때까지는 끝까지 조심해야 했다. 놈은 주인을 몰라보고 물어뜯는 미친개였으므로.

은한백은 손을 들어 다시 지시를 내렸다. 모옥 주변에 은

잠한 채 포위망을 형성했던 수하들이 천천히 모습을 드러내며 점점 포위망을 좁혀갔다.

은한백 또한 담우천과 약 십여 장 정도 떨어진 거리까지 다가갔다.

수하 중 한 명이 조심스레 담우천에게로 걸어갔다. 그는 담우천의 상태를 확인하려는 듯 무릎을 꿇더니 고개를 숙이며 담우천에게 귀를 대보았다.

은한백의 눈살이 찌푸려졌다.

'너무 과하다. 저렇게 맥을 확인하다니.'

수하가 손을 들고 흔들었다. 놈이 죽었다는 뜻이다.

은한백은 그제야 미소를 머금고는 다시 천천히 걷기 시작했다.

담우천에게 가까이 다가가던 중, 일순 의아한 생각이 그의 뇌리를 스치고 지나갔다.

'왜 녀석은 말이 아닌 손짓을 했지?'

―놈은 죽었습니다!

일반적인 상황이었다면 상태를 확인한 후 충분히 그렇게 외쳤을 것이다.

불길한 예감이 은한백의 뇌리를 스쳤다. 하지만 곧바로

그는 무언가를 떠올리며 고개를 끄덕였다.

'하지만 지금은 일반적인 상황이 아니니까.'

은한백이 담우천의 처절한 절규를 들었던 것처럼 놈의 잔당들 또한 그의 외침을 듣지 못했을 리가 없었다. 어쩌면 이 주변의 어둠 속에 놈들이 숨어 있을 수도 있었다.

언제 놈의 잔당이 기습해 올지 모르는 상황이다.

'잘 키웠다.'

은한백은 감탄했다.

'거기까지 생각하다니, 역시 제대로 된 사부 밑에서 철저하게 교육을 받은 녀석들답구나.'

은한백은 수하들에게 그런 세밀한 면까지 생각할 수 있도록 훈련을 시킨 자신이 자랑스럽고 뿌듯했다.

그런 생각을 하는 동안 은한백은 담우천과 수하의 면전에 이르렀다.

"이제 일어나도 된다."

은한백이 수하에게 말을 건넬 때였다. 한 가닥 빛이 그의 목젖을 꿰뚫듯 뻗어 나왔다.

＊　　　＊　　　＊

강맹무비한 파괴력을 담고 있는 무엇인가가 담우천의 등

을 향해 소리 없이 날아들었다.

자하의 복수를 다짐하고 있던 담우천은 뒤늦게야 그 존재를 눈치챘다.

자신의 등을 박살 내려는 듯 날아드는 물건은 가공할 내력이 실린 한 자루의 창이었다.

피할 겨를도, 막을 순간도 없었다.

담우천은 입술을 깨물며 어깨를 비틀었다. 창은 정확하게 담우천을 관통하고 지면에 내리꽂혔다.

그러나 담우천은 전혀 부상을 입지 않았다. 창은 담우천을 관통한 게 아니었다. 담우천의 옆구리 사이를 스쳐 지나갔을 뿐이었다.

담우천은 던진 자가 착각하게끔, 겨드랑이와 옆구리를 단단하게 붙여서 마치 관통당한 것처럼 보이게 만들었다. 그리고 죽은 듯 꼼짝하지 않았다.

만약 적들이 화살을 날리거나 했다면 그 속임수는 무용지물로 돌아갔을 것이다.

하지만 무릇 고수라면 누구나 그러하듯 은한백 또한 자신의 창질을 과신하고 있었다. 자신의 기습이 무위로 돌아갈 거라고는 전혀 생각하지 않았다.

그랬기 때문에 은한백은 담우천에게로 다가간 수하가 그에게 은밀하게 제압당하고 쓰러지는 모습을 보고서도 의아하게 생각하지 않았던 것이다.

또한 수하가 말을 하지 않고 손을 흔드는 걸 엉뚱하게 이해하고 넘어간 것 역시, 모두 은한백이 자신의 창질을 과신하고 제 실력에 자만했기 때문이었다.

그러한 자만과 오만, 과신이 담우천의 치명적인 역습으로 이어진 거다.

담우천은 자신에게 다가오던 수하의 혈도를 제압해 쓰러뜨린 후, 그의 검을 빼앗아 들고 기다렸다가 은한백을 향해 무극섬사를 펼쳐냈던 것이다.

2. 불쌍한 사람

평소의 실력이었더라면, 거기에 참을 수 없는 분노가 응집되어 있다가 한꺼번에 폭발해서 내지른 기습이었다면 제아무리 구백 중 한 명인 은한백이라 하더라도 목젖에 구멍이 뚫리는 건 면할 수가 없는 일이었다.

하지만 담우천은 평소의 몸 상태가 아니었다.

투신 전앙과 싸우다가 검이 산산조각 나면서 입은 오른손의 마비가 겨우 풀린 상태였고, 또 갈비뼈가 부러진 까닭에 무극섬사는 평소의 속도를 내지 못했다.

"헉!"

은한백은 제 목을 향해 날아드는 빛을 보고는 깜짝 놀라 고개를 뒤로 젖혔다. 다행히도 그가 죽지 않은 건 그 빠른 반응 때문이 아니었다. 오로지 무극섬사의 현저하게 떨어진 속도 때문이었다.

그럼에도 불구하고 그의 목에는 깊은 찰과상이 만들어졌다. 피부가 찢어졌고 핏물이 튀었다. 마치 상처 입은 맹수가 전력으로 휘두른 발톱에 당한 듯한 모습이었다.

담우천의 공격은 게서 멈추지 않았다. 일격이 수포로 돌아간 것을 직감하자마자 담우천은 지면을 박차고 은한백에게로 달려들었다.

은한백은 자세를 바로 잡을 겨를이 없었다. 연신 뒤로 주춤 물러서며 담우천의 연달아 퍼부어지는 공세를 막느라 정신이 없었다.

그 바람에 주변을 에워싸고 있는 무적가 무사들은 뭔가 해볼 수도 없었다. 은한백과 담우천이 달라붙어 있다시피 격전을 벌이고 있는데, 거기에 대고 화살을 쏘아댈 강심장의 소유자는 없었던 것이다.

그들이 초조한 눈빛으로 담우천과 은한백의 거리가 벌어지기만을 기다리고 있을 때였다.

포위망 바깥쪽에 서 있는 무인 한 명이 누군가의 기척을 느끼고 재빨리 돌아섰다.

여인이었다.

그것도 너무나도 아름다워서 도저히 사람처럼 보이지 않는 여인. 한밤중의 산속에 나타난 여인을 본 사내는 일순 귀신을 본 것처럼 화들짝 놀랐다.

그것도 잠시, 여인의 눈과 시선이 마주친 사내의 눈빛은 이내 몽롱해졌다. 달콤하고 짜릿한 환각 속에 빠진 것처럼 사내는 저도 모르게 미소를 지었다.

그것은 여인의 칼이 소리 없이 사내의 심장을 찌른 것과 동시에 일어난 일이었다.

그 아름답고 매력 넘치는 여인은 물론 나찰염요였다. 지하 광장에 숨어 있었던 그녀 또한 은한백과 마찬가지로 담우천이 짐승처럼 울부짖는 소리를 들을 수가 있었다.

'한발 늦었군요, 오라버니.'

그 울부짖음을 듣는 순간 나찰염요는 슬픈 기색을 지었다.

하지만 그녀는 곧 정신을 차리고 지하 광장에서 나왔다. 그나마 부상이 덜한 만월망량이 따라나서겠다고 일어섰지만 나찰염요는 냉정하게 고개를 저었다.

"밖에는 아직 놈들이 있어요. 그러니 짐만 될 뿐이에요."

만월망량은 입술을 깨물었다.

마신 주유의 일격에 격중당한 어깨는 함몰되어 있는 상

태였다. 게다가 이매청풍이 고문을 당할 때 그 역시 적지 않은 부상을 입었기에, 그러한 몸 상태라면 확실히 그녀의 말처럼 짐이 될 게 뻔했다.

"미안하다."

만월망량은 고개를 숙였다. 나찰염요는 고개를 저었다.

"내게 미안할 게 어디 있나요?"

그녀는 최대한 빠르게 지하광장을 빠져나와 모옥으로 돌아왔지만, 이미 모옥 인근은 놈들의 포위망으로 둘러싸인 후였다.

나찰염요는 경거망동하지 않았다. 멀리서 담우천의 상태를 확인하다가 일순 그가 은한백에게 기습을 날리는 것을 본 연후에 비로소 그녀는 몸을 움직였다.

그녀는 곧장 포위망을 뚫고 전진하지 않았다. 그녀는 침착하게 포위망 바깥쪽부터 천천히 무너뜨리는 수법을 사용했다.

그녀의 미심최혼술은 순간적으로 상대의 이지(理智)를 제압하고 환각에 빠뜨리는 섭혼술이었다.

그리고 그녀의 미심최혼술은 삼신 같은 초절정의 고수라면 몰라도, 이곳을 포위하고 있는 무사들이라면 능히 환각에 빠뜨릴 수 있는 경지에 올라 있었다.

등 뒤에서 다가오는 기척을 느끼고 몸을 돌리는 순간 그녀와 눈이 마주치게 된다. 사내들은 여지없이 환각에 빠지고 순간적인 쾌락에 몸을 부르르 떤다. 동시에 나찰염요의 칼이 그들의 심장을 꿰뚫는다.

그렇게 포위망의 한 귀퉁이가 소리 없이 무너져 내리고 있었다.

'빌어먹을!'

절정고수의 싸움에서 선기(先機)를 빼앗기는 것이 얼마나 위험한 일인지, 그 빼앗긴 선기를 되찾는 건 또 얼마나 지난한 일인지 지금 은한백이 명명백백하게 보여주고 있었다.

그는 내심 욕설을 퍼부으면서도 여지없이 몰리고 있었다. 담우천의 공격은 쉬지 않고 이어지며 은한백의 전신을 향해 파고들었다.

그를 떼어낼 새도, 거리를 둘 틈도 없었다. 불과 한 호흡 사이에 터져 나오는 수십 차례의 공격을 막고 피하는 것만으로도 급급했다.

'하지만……'

내가 이길 것이다.

은한백은 눈빛을 빛냈다.

담우천의 호흡은 폭발 직전이었다. 어깨는 들썩거리기

시작했고 공격의 날카로운 맛도 점점 떨어졌다. 내력이 부족한 것일까, 아니면 부상을 입었던 것일까.

어쨌든 놈의 공세를 참고 견디면서 막아내다 보면 놈은 결국 모든 공력을 소진하고 스스로 무너질 것이다. 그때까지 버티면 은한백이 승리하는 것이다.

그럴 자신이 있었다. 그의 내공은 누구에게도 뒤떨어지지 않을 정도로 심후했으니까.

은한백은 사소한 부상 같은 건 신경 쓰지 않기로 했다. 요혈을 노리고 파고드는 검날만 피하기로 했다.

그러면서 틈틈이 반격의 기회도 엿보았고, 또 실제로 가끔씩 위협적인 공격을 날리기도 했다. 하마터면 그게 패착이 될 뻔했다.

담우천은 수비에 전혀 신경 쓰지 않았다. 마치 양패구상(兩敗俱傷)이라도 하겠다는 양, 은한백의 공격은 무시한 채 철저하게 공세 일변도로 나왔다.

은한백은 괜히 공격을 감행했다가 하마터면 옆구리에 검날을 맞을 뻔한 이후로는 더 이상의 반격을 포기했다. 시간만 흐르면 저절로 승리를 거머쥘 텐데 군이 위험을 자초할 이유가 없는 것이다.

게다가 은한백은 수하들을 믿었다. 지금은 행여 자신에게 피해를 입힐까 봐 지켜보고 있지만 언제든 기회다 싶으면 담우천을 향해 일제히 화살을 퍼부을 것이다.

그래서였다. 그들의 공방은 지루할 정도로 길게 이어졌다. 그때였다.

'으응?'

은한백의 눈이 저도 모르게 커졌다.

담우천의 뒤쪽으로 처녀 귀신처럼 생긴 계집 하나가 미끄러지듯 다가오고 있는 게 언뜻 보였던 것이다.

'설마?'

은한백은 눈을 깜빡거렸다.

그 바람에 담우천의 공격에 대한 대응이 조금 늦어서 어깻죽지의 옷자락이 잘려 나갔다.

그는 화들짝 놀라며 뒤로 몸을 피했다. 담우천은 여전히 먹잇감을 노리는 맹수처럼 덮쳐들었다. 은한백은 담우천의 공세를 막다가 무의식적으로 그의 어깨 너머 저편을 바라보았다.

어둠 한구석에서 아름다운 여인이 은한백을 보고 있었다. 그녀와 시선이 마주치는 순간, 은한백은 여인의 정체를 파악할 수 있었다.

'나찰염요!'

동시에 그녀가 익힌 무공 중 하나의 이름이 떠올랐다.

미심최혼술.

은한백은 아차, 하면서 나찰염요로부터 시선을 돌리려고 했다.

그러나 때는 늦었다. 혼란에 빠져 있고 담우천의 공격을 막느라 정신이 없는 상태에서 은한백은 보기 좋게 미심최혼술에 빠져들고 말았다.

그는 헤에, 하고 웃었다. 그리고 두 팔을 뻗어 무언가를 잡으려 했다.

하지만 이내,

'환각!'

절정에 이른 고수답게 그는 빠르게 정신을 차렸다. 환각에서 벗어난 그는 황급히 뒤로 물러나려 했다.

"응?"

은한백은 몸이 제 의지대로 움직이지 않자 고개를 갸웃거렸다.

'설마 이것도 환각?'

그는 정신을 차리기 위해서 눈을 깜빡이려 했다. 그러나 그의 눈은 더 이상 움직이지 않았다. 그가 환각에 빠진 그 찰나의 순간, 담우천의 일격에 의해 심장이 정확하게 꿰뚫린 것이었다.

'빌어먹을……'

환각에 당하다니.

그게 은한백의 마지막 생각이었다.

"저예요."

나찰염요는 짧고 나지막하게 말했다.

등 뒤의 기척을 느끼고 무작정 검을 내지르던 담우천의 동작이 동시에 멈췄다. 아슬아슬하게 나찰염요의 복부 앞에서 검이 방향을 틀었다.

하지만 그의 핏발 선 눈이 정상으로 회복하기까지는 조금 더 시간이 걸려야 했다.

"염요?"

담우천은 뒤늦게 그녀를 확인하고 물었다.

나찰염요가 고개를 끄덕이자 담우천은 한없이 슬픈 눈빛으로 그녀를 바라보며 말했다.

"자하가… 죽었다."

나찰염요는 입술을 깨물고는 말했다.

"알아요."

"그녀가……."

담우천이 입을 여는 순간이었다.

뒤늦게 상황을 파악한 무적가의 무사들이 일제히 포위망을 해체하고 덤벼들었다.

"모두 꺼지란 말이다!"

담우천은 귀찮다는 듯이 크게 소리치며 놈들을 향해 검

을 찔러갔다. 나찰염요는 담우천의 곁에서 떨어지지 않은 채 함께 공격을 퍼부었다.

그들의 합격술은 매우 기묘했다. 나찰염요가 미심최혼술을 발휘하여 적의 움직임을 순간적으로 봉쇄하는 틈을 타서 담우천의 검은 상대의 목젖을 꿰뚫었다.

기력이 소진할 대로 소진한 담우천이었지만 움직이지 못하는 자의 목이나 심장을 찌르는 건 너무나도 간단한 일이었다.

하지만 시간이 흐르면서, 연달아 절정의 무극섬사를 펼치던 담우천은 그 간단한 일조차 해내지 못하고 그대로 쓰러져 혼절했다.

모든 기력을 소진한 까닭이었다.

그나마 다행인 것은, 그가 쓰러질 당시 무적가의 남은 무사가 채 다섯 명도 되지 않았다는 점이었다. 그리고 그 다섯 명도 되지 않는 무사를 해치우는 데에는 나찰염요 혼자서도 충분했다.

어느새 새벽이 오고 날이 밝았다. 모옥 주위는 흥건한 핏물과 시신으로 가득 차 있었다.

나찰염요는 우두커니 서서 주위를 둘러보다가, 행여 살아 있는 자가 있는지 일일이 시신들을 확인하고 다시 한 번 칼을 쑤셔 넣었다.

그녀는 시신들을 모옥 안으로 집어던졌다. 그리고 모옥에 불을 붙였다. 오십 명의 무사와 은한백은 모옥과 더불어 활활 불타오르기 시작했다.

뜨거운 열기가 아름다운 나찰염요의 옆얼굴에 일렁거렸다.

그녀는 담우천을 업었다.

"불쌍한 사람……."

그녀는 저도 모르게 중얼거리다가 한숨을 내쉬었다. 어쩌면 불쌍한 건 담우천이 아니라 그녀 자신인지도 모르겠다는 생각이 든 것이다.

그녀는 고개를 휘휘 내저어 상념을 떨쳐내고는 담우천을 업은 채 지하 광장으로 되돌아갔다.

모옥을 송두리째 휘감은 불길은 한나절이나 계속해서 타올랐다.

3. 그는 나보다 강하다

모옥과 계곡이 훤히 내려다보이는 산등성이.

볕이 잘 들고 산수(山水)가 있어서 나름대로 터가 좋아 보이는 그곳에 두 개의 봉분(封墳)이 모셔진 것은 제갈원이 난리를 피운 지 이틀이 지나서의 일이었다.

위쪽의 조그만 무덤은 자하의 것이었고 아래쪽은 무투광자의 무덤이었다. 술이 없어서 물을 대신 뿌린 후 담우천은 무덤 앞에서 절을 하고 무릎을 꿇었다. 나찰염요도 같은 행동을 취했다.

부상이 심한 까닭에 제대로 서 있지도 못하는 이매청풍과 만월망량은 자리에 주저앉은 채 고개만 숙였다. 모두들 입을 다문 채 침묵하는 가운데, 사람들의 눈에서는 눈물이 뚝뚝 흘러나왔다.

                    *   *   *

그날 아침.

그러니까 제갈원이 무리를 이끌고 기습해 왔던, 무투광자와 자하가 비명도 지르지 못한 채 목숨을 잃었던, 그리고 나찰염요와 더불어 담우천이 미친 듯 은한백과 싸워 죽이고 오십 명의 무사들까지 모조리 죽인 그날 아침.

나찰염요의 등에 업힌 채 지하 광장으로 향했던 담우천은 혼절한 지 얼마 지나지 않아 깨어날 수 있었다.

그나마 다행이었다, 크고 작은 부상을 입었지만 그래도 원기를 상하지 않은 건.

어쩌면 죽은 자하가 그를 돌본 덕분일 수도 있었다. 물론 그것보다는 나찰염요와 소화들이 잠도 자지 않은 채 그의 곁에 붙어서 돌본 게 컸겠지만.

깨어난 담우천은 나찰염요로부터 그간 사정을 들을 수가 있었다.

그리고 무투광자가 어떻게 죽었는지 또 이매청풍과 만월 망량이 어떻게 살아남을 수 있었는지 들었다.

"죽여주십시오, 행수!"

온몸에 붕대를 칭칭 동여맨 채 성치 못한 몰골을 하고 있던 이매청풍과 만월망량이 눈물을 흘리며 소리쳤다.

"괜한 소리다."

담우천은 고개를 저었다.

그들을 죽일 리도 없거니와 설령 그들을 죽인다고 해서 돌아올 자하가 아니었으니까.

그는 한없이 가라앉은 목소리로 말했다.

"자하가 준 삶이다. 열심히 살아야지."

이매청풍과 만월망량은 고개를 들지 못했다.

목숨을 바쳐서 자하를 지키겠다고 담우천과 약속했던 그들이었다. 그런데 외려 자하의 목숨 덕분에 살아남은 그들이었다.

그들은 담우천을 볼 면목이 없었다. 변명하고 사과할 염치도 없었다. 그저 고개를 숙인 채 울먹일 수밖에 없었다.

담우천은 몸을 일으키려다가 절로 인상을 찌푸렸다.

긴장감이 풀린 까닭일까. 옆구리의 통증이 그를 급습해 왔던 것이다.

"대충 치료는 해뒀어요."

그를 부축해 앉히면서 이야기한 나찰염요의 말이 아니더라도, 가슴에 감겨 있는 붕대를 확인한 담우천은 그녀에게 고맙다고 인사를 했다.

"아호와 아창은?"

그는 주위를 둘러보며 물었다.

"자고 있어요. 소화는 아이들 곁에서 안정을 취할 수 있도록 도와주고 있구요."

지하광상의 살라진 벽 틈사이로 새어 늘어오는 햇살의 강도로 짐작하건대, 아직 이른 새벽녘인 듯했다. 실로 기나긴 밤이었다.

담우천은 운기조식을 했고 이매망량들은 여전히 그의 앞에서 머리를 조아리고 있었다.

"됐다니까."

운기조식을 마친 담우천이 질책하듯 말했다.

"이미 지난 일이다. 지난 것에 미련을 두고 아쉬워하는 것보다는 앞으로의 일에 염려하고 대비하는 게 훨씬 낫다."

옳은 말이자, 지금 상황에서는 최선의 위로였다.

그 말을 들은 이매망량들의 얼굴에 새로운 각오의 빛이
떠올랐다.

담우천은 살짝 인상을 찌푸리며 말을 이었다.

"밖에 투신 전앙이 있다. 한동안은 예서 움직이면 안 될
것 같다."

사람들의 안색이 핼쑥해졌다.

지난 밤, 그들은 삼신이 얼마나 무섭고 두려운 존재들인
지 확실하게 느꼈다. 그중 한 명인 투신 전앙이 아직도 밖
을 돌아다니고 있다는 말에 소름까지 돋는 그들이었다.

나찰염요가 뭔가 떠올린 듯 고개를 끄덕이며 입을 열었
다.

"어쩐지… 어제 무리 중에서 보이지 않는다 싶었더니…
오라버니를 상대하기 위해 홀로 떨어져 있었던 거로군
요."

그 말에 이매청풍이 놀라 물었다.

"그럼 행수는 투신 전앙과 싸웠다는 겁니까?"

만월망량도 물었다.

"그를 이긴 겁니까?"

"아니, 그는 나보다 강하다."

담우천은 고개를 저었다.

사람들은 더욱 의아스럽다는 얼굴이 되었다. 투신 전앙

보다 약한 담우천이 어떻게 그를 뚫고 산 위로 올라왔는지 이해할 수 없었던 것이다.

담우천은 차분한 어조로, 어찌 들으면 무기력해 보이기까지 한 목소리로 말했다.

"황계의 도움을 받았다."

"네? 황계라니요? 설마 그 정보팔이 집단인 황계를 말씀하시는 겁니까?"

담우천은 고개를 끄덕이며 그간 사정에 대해서 설명했다.

자하가 옛 황계의 인물이었고 모종의 일로 인해 지금 황계의 계주이자 사촌 동생인 십삼매와 틀어져 황계를 나왔다는 것부터 시작하여 어떻게 고 노대가 감시를 하게 되었는지, 또 어떻게 이 은신처에 남아 있던 황계의 감시자들과 응원군의 도움을 받게 되었는지에 대해서 이야기했다.

입술을 깨문 채 듣고 있던 나찰염요가 퍼뜩 생각났다는 듯이 입을 열었다.

"그렇다면 천자산의 그 신비의 복면인들도 황계 사람들이었다는 건가요?"

"그렇다."

"믿을 수 없어요."

나찰염요는 단호하게 말했다.

"제가 본 그들은 일류급 이상의 무위를 지니고 있었어요. 저 하류층의 생존 집단에 불과한 황계에 그럴 만한 고수들이 있다는 건……."

"아니, 황계는 결코 하류층의 집단이 아니다."

담우천은 잘라 말했다.

나찰염요는 물론 이매청풍과 만월망량도 의아한 표정을 지으며 그를 쳐다보았다.

"혈천노군을 다 알 것이다."

담우천이 입을 열었다. 사람들이 일제히 고개를 끄덕였다.

"그가 황계의 후견인(後見人)이다."

"네에?"

사람들은 믿을 수 없다는 얼굴이 되고 말았다.

"그뿐이 아니다. 어쩌면 공적십이마… 지금은 공적오마라고들 하지? 어쨌든 그 전대의 거마들 모두 황계와 연관이 있는 것 같다."

사람들의 다물어지지 않는 입을 바라보면서 담우천은 계속해서 말했다.

"즉, 황계는 공적오마와 뜻을 같이 하고 있는 곳이고… 아마도 그들의 목표는 태극천맹의 붕괴일 게다."

그의 말이 끝났다.

누구 하나 입을 여는 이가 없었다.

황계는 구파일방이나 오대세가 등에 비하면 신흥세력에 불과했지만 나름대로는 꽤 오랜 역사를 지닌 조직이라고 할 수 있었다.

황계는 수백 년 전, 황구(黃狗)를 구워먹던 몇몇 거지가 뜻을 합쳐 만든 조직이었다. 점소이, 기녀, 창녀, 가마꾼 등의 최하층 계급에 속하는 이들이 살아남기 위해서 계(契)에 들어왔다.

조직을 운영하기 위해서 그들은 정보를 사고팔았고, 점차 세를 불려 나가 지금은 정보에 관한 한 무림 세 손가락 안에 드는 거대한 조직이 되었다.

그림에도 불구하고 황세는 나튼 소직들에 비해 인성을 받지 못했다.

그들이 전통의 개방은 물론, 흑개방에게조차 밀린 것은 오직 한 가지 이유에서였다. 조직에 소속된 강호의 고수 수가 현저하게 적다는 것이다.

그런 황계가 알고 보니 공적오마들과 한통속이 되어 무림을 뒤엎으려 한다?

확실히 담우천의 이야기는 쉽게 믿을 수 없었다. 다른 이들이 들었다면 외려 담우천이 허무맹랑한 이야기를 한다고 비웃었을 것이다.

그러나 담우천은 확신에 차 있었고, 또한 나찰염요나 이매망량들은 담우천의 말이라면 콩으로 메주를 쑨다 하더라도 믿을 만큼 신뢰하고 있었다.

"만약 황계의 목표가 태극천맹의 괴멸이라고 한다면… 그들이 우리를 감시하고 주시한 게 꼭 자하 언니 때문만은 아닌 것 같네요."

나찰염요의 분석은 정확했다. 담우천 또한 그렇게 생각하고 있었다.

"그래. 나와 너희를 자신의 편으로 이끌기 위해서 그런저런 도움을 줬던 게야."

"조금은 불쾌하네요, 외려."

나찰염요는 눈살을 찌푸리며 말했다.

"그렇게 우리를 관찰하고 있었다면… 이번 사태도 막을 수 있었을 텐데."

"그건 아닐 것 같아."

만월망량이 고개를 저었다.

"아무리 황계가 공적오마들과 손을 잡았다 하더라도 공적오마를 전면에 내세울 수는 없을 거야. 그렇다면 무적가와 삼신을 상대할 만한 고수가 부족할 테고……."

만월망량의 추측도 예리했다.

공적오마가 나올 수 없는 황계가 무적가와 삼신을 대항

하여 싸울 리는 없었다. 아무리 담우천과 수하들을 황계의 동료로 삼고 싶어 한다지만, 그런 이유로 황계의 절반 이상이 무너질 일은 하지 않을 게 분명했다.

"그게 중요한 게 아니다."

담우천이 입을 열었다.

"어차피 황계는 남일 뿐이지. 결코 우리들의 동료가 될 수 없다. 그들은 우리를 제 목적을 이루기 위한 수단이나 방법으로 삼으려고 할 뿐이니까."

사람들은 고개를 끄덕였다.

"그러니 우리도 그들을 이용하면 된다. 저 무적가에 대해 복수를 하기 위해서."

복수.

그 단어가 나오자 사람들의 표정이 달라졌다. 그들은 저마다 무투광자와 자하의 죽음에 대해서 생각했고 살아남은 자신들이 해야 할 일을 떠올렸다.

역시 복수뿐이었다.

담우천은 담담한 어조로 말했다.

"나 혼자 할 생각은 없다. 하지만 너희가 동참하기 힘들다고 해도 괜찮다."

"그게 무슨 말씀이십니까?"

이매청풍은 붉은 핏줄이 굵게 새겨진 눈으로 담우천을

보며 말했다.

"우리가 살아남을 수 있었던 건 오직 형수님 덕분입니다. 또한 광자 형님이 마신 주유의 시선을 끌어준 덕분에… 이렇게나마 살 수 있었습니다. 그런데 어찌 동참하지 않겠습니까?"

그는 울먹거리며 말했다. 만월망량도 고개를 끄덕였다. 나찰염요 또한 마찬가지였다.

"알겠다. 그럼 함께 무적가를 상대해 보자."

담우천은 고개를 끄덕이며 말했다.

"최소한 제갈원과 삼신을 죽이는 것, 그게 우리의 복수가 될 것이다."

사람들은 결의에 찬 표정을 지으며 일제히 동의했다.

第五章
마지막 패가 되라는 것이다

"분노는 모이면 모일수록 더 거대하지고 파괴력이 높아지는 법이다. 그러니 넘쳐서 더 이상 모아두기 어려울 때까지 참고 기다려라."

"알겠어요. 그렇게 할게요."

"한 가지 더. 그냥 고여 있는 분노는 감상에 지나지 않지. 쓰레기와 같은 거야. 아무 소용이 없다. 모을 만큼 모았다가 한 번에 터뜨리는 것, 그게 바로 진정한 분노이고 또 복수인 게다."

1. 변한 걸까?

그게 이틀 전의 일이었다.

이틀 동안 그들은 지하 광장에서 꼼짝하지 않았다. 괜히 나돌아 다녔다가는, 담우천을 찾고 있을 투신 전앙과 언제 마주칠지 몰랐기 때문이었다.

그동안 그들은 부상 치료에 전념했다.

비록 자하를 되살리지는 못했지만 구씨 의생의 약들은 탁월한 효능을 발휘했다. 속명단은 빠르게 사람들의 내상을 치료했고 금창약은 찢어진 상처와 부러진 뼈를 금세 아물게 만들었다.

한편 담우천이나 나찰염요는 아이들에게 아직 엄마의 죽음을 알리지 않았다.

그럼에도 불구하고 아이들은 뭔가 이상하다는 사실을 깨달은 듯 표정이 좋지 않았다.

"조금 멀리 가셨단다. 예전처럼 가만히 기다리면 다시 올 거야."

제 엄마를 찾으며 우는 담창을 달래기 위해 소화가 그렇게 말했을 때였다.

"엄마… 이제 오지 않는 거 아니에요?"

담호가 슬픈 얼굴을 하고서 물었다. 소화는 움찔 놀라며 소년을 돌아보았다.

"그게 무슨 말이니?"

"그냥… 그럴 것 같아요."

소년의 직감은 예리했다. 소화는 뭐라고 대답해야 할지 몰라서 당황해했다.

그때 담우천이 소년을 데리고 한쪽 구석으로 갔다. 아직 말귀를 제대로 알아듣지 못하는 담창에게는 차마 하지 못할 이야기를 하려는 것이다.

"네 엄마는 죽었다."

그 말을 듣자마자, 아빠를 쳐다보는 담호의 눈에서 눈물이 주르륵 흘러내렸다.

어느 정도 미리 예견하고는 있었지만 막상 아버지의 입을 통해 그 사실을 전해 듣자 담호는 그 슬픔을 도저히 참을 수가 없었던 것이다.

담우천은 망설이다가 아이를 껴안았다. 소년은 제 아버지의 품에서 흐느끼기 시작했다. 담우천은 소년의 등을 다독거리면서 말했다.

"울지 않는 거다, 사내는……."

평소 늘 하던 말이었다.

하지만 거짓말이었다. 담우천 또한 이틀 전 자하가 죽었을 때 목 놓아 울지 않았던가.

"그러나… 지금은 울어도 된다. 다른 사람도 아닌 네 엄마가 죽었으니까."

평소의 교육 때문이었을까. 억지로 소리를 참으며 흐느끼던 담호가 이내 엉엉 소리를 내며 울기 시작했다. 담우천은 속으로 긴 한숨을 내쉬면서 소년이 진정되기를 차분하게 기다렸다.

얼마나 울었을까. 눈이 벌게진 채로 흑흑거리는 담호를 향해 담우천이 입을 열었다.

"아빠는 네 엄마를 죽인 자들을 찾아 복수할 생각이다."

담호가 고개를 번쩍 들며 말했다.

"저도 할래요."

담우천은 고개를 저었다.

"안 된다."

"저, 실력 많이 늘었어요. 아빠 말대로 이제는 한 사람의 몫을 해낼 수 있을 거예요."

"그래도 안 된다."

"왜요! 왜 안 돼요! 엄마의 복수를 하고 싶은데 왜 안 돼요!"

담호가 소리쳤다. 담우천은 담담한 어조로 말했다.

"내가 실패할 경우를 생각해야 하니까."

담호는 그게 무슨 뜻인지 몰라 눈을 크게 떴다. 담우천의 말이 계속 이어졌다.

"내가 복수에 실패하게 되면 그때 네가 나서야 한다. 네가 엄마는 물론 이 아버지의 복수까지 해야 한다."

담호의 눈이 동그랗게 변했다. 무슨 말인지 이해할 것 같았다.

소년은 더듬거리며 말했다.

"그러니까… 최후의 보루 같은 거라는 뜻인가요, 제가?"

"그래, 맞다. 네가 우리의 마지막 패(牌)가 되라는 것이다."

담호는 더 이상 울지 않았다. 담우천은 아들의 머리를 쓰다듬으며 계속해서 말했다.

"그동안 충실하게 무공을 익혀라. 복수할 수 있을 정도의 실력을 키워라. 더불어 분노를, 참을 수 없는 분노를 몸 안에 쌓아 두고 모아두는 법도 익혀라."

담호는 아버지의 말에 귀를 기울였다.

"분노는 모이면 모일수록 더 거대하지고 파괴력이 높아지는 법이다. 그러니 넘쳐서 더 이상 모아두기 어려울 때까지 참고 기다려라. 복수를 조급하게 생각하지 말거라. 청산에 나무가 있는 한 땔감 걱정은 하지 않는 법이니까."

"알겠어요. 그렇게 할게요."

"한 가지 더. 그냥 고여 있는 분노는 감상에 지나지 않지. 쓰레기와 같은 거야. 아무 소용이 없다. 모을 만큼 모았다가 한 번에 터뜨리는 것, 그게 바로 진정한 분노이고 또 복수인 게다."

"명심할게요."

"그래, 이해한다니 다행이다."

담우천은 고개를 끄덕이며 말을 이었다.

"앞으로 몇 달 동안은 내게서도 무공을 익혀라. 내가 알고 있는 모든 것들을 가르쳐 줄 테니… 익히고 또 익혀라. 훗날 나보다 더 강한 자가 될 수 있도록 말이다."

담호는 입을 벌렸다.

드디어 아버지에게 무공을 배운다는 생각을 하니 가슴이

떨려 말을 할 수가 없었다.

하지만 한편으로는 이렇게 무공을 배울 수 있게 된 것이 엄마의 죽음 때문이라는 생각이 들자, 담호의 그 조그만 가슴이 찢어지는 것만 같았다.

담우천은 아들이 무슨 생각을 하는지 다 알고 있다는 듯이 다시 한 번 아이의 머리를 쓰다듬으며 말했다.

"동생 아창에게도 네가 가르쳐야 한다. 아빠가 없으면 네가 아빠 노릇을 해야 한다. 물론 이건 만일을 대비해서 하는 말이다. 아빠는 결코 실패하지 않을 것이고 또 죽지도 않을 것이다."

"네. 아빠를 믿어요. 아빠는 세상에서 제일 강하니까요."

담호는 그렇게 말하다가 문득 '그러면 내가 복수할 일은 없는 거네.'라는 생각을 했다. 어쩐지 아버지의 말에 당한 것 같은 기분이었다.

그러나 담우천은 진지했다.

"아니, 아빠는 세상에서 가장 강하지 않다. 아빠보다 강한 자가 수없이 많은 곳이 바로 강호요, 무림이다. 그래서 네게 후사(後事)에 대한 이야기를 하고 또 이렇게 당부하고 있는 게다."

담호는 '그랬구나. 아빠보다 강한 사람이 그렇게나 많다는 건 믿을 수가 없지만… 어쨌든 아빠는 날 속이지 않아'

라고 속으로 생각했다.

"강해져야 한다. 알겠지?"

담우천이 다짐하듯 물었다. 담호는 얼른 고개를 끄덕이며 대답했다.

"네, 강해질게요. 세상 그 누구보다도 더."

그래야지.

그래야 내 아들이지.

담우천은 속으로 그 말들을 삼켰다. 그리고는 저도 모르게 흠칫 놀랐다.

아무리 담호를 달래고 설득하기 위해서였다고는 하지만 너무나도 자연스럽게 아들을 껴안고 등을 쓰다듬으며 몇 번이나 머리를 다독였던 것이다.

'내가 변한 걸까?'

담우천은 동생 담창을 향해 뛰어가는 담호의 뒷모습을 보며 중얼거렸다.

*　　　　*　　　　*

나찰염요가 밤을 틈타 밖으로 정찰을 나갔다. 투신 전앙이나 무적가의 사람들이 있는지 확인하기 위해서였다.

시간이 초조하게 흐르는 가운데 그녀는 영 돌아올 생각

을 하지 않았다.

사람들 중 유일하게 부상을 입지 않은 그녀였지만 그래도 감히 투신 전앙을 상대할 수는 없었다. 그녀의 귀가가 늦을수록 걱정이 드는 건 당연한 일이었다.

담우천이 안 되겠다 싶어서 자리에서 일어날 무렵, 그러니까 새벽녘이 되어서야 비로소 그녀가 돌아왔다.

"아무도 없어요."

그녀는 사람들이 얼마나 걱정했는지 모른다는 듯이 간단하게 보고했다.

알고 보니 그녀는 모옥 주변뿐만 아니라 산 밑에까지 내려갔다 온 것이었다.

담우천이 말했던 계곡가까지 가서 투신 전앙과 황계 사람들의 흔적을 찾아보았다고 했다.

"꽤 많은 피가 말라붙어 있었어요. 어쩌면 황계 사람들이 몰살을 당했을지도 몰라요."

담우천은 고개를 끄덕였다.

투신 전앙이라면 결코 황계 무인들이 도주하도록 놔두지 않았을 것이다. 황계 무인들은 일대일의 싸움을 고집하는 전앙의 고집을 꺾으려고 했다.

그건 전앙의 권위에 대한 도전이었고, 그러한 도전을 용납하기에는 전앙이 너무나도 자존심이 강한 인물이었으니까.

"어쨌든 아무도 없다니 다행이다. 내일 아침 일찍 봉분을 쌓자."

담우천의 말에 사람들은 다시 침울한 표정을 지었다.

지하광장인 까닭에 시신들은 잘 보존되어 있는 상태였다.

특히 자하의 경우에는 잠을 자는 것처럼 평온해 보이기까지 했다.

비록 아이들은 보지 못하게 깊숙한 곳에 숨겨 두었지만, 사람들은 하루에도 몇 번씩 시신을 찾아 절을 하고 묵념했다.

하지만 이제 땅에 묻을 때가 된 것이다.

그렇게 생각하니 그들의 죽음이 사람들의 가슴에 더욱 와 닿았다.

이튿날.

담우천과 나찰염요는 두 개의 봉분을 만들고 시신을 안장했다. 봉분이라고 하기에는 초라한 조그만 무덤이었지만, 그 무덤 앞에서 예를 올리는 이들의 얼굴은 비장하기만 했다.

이윽고 담우천이 마지막으로 절을 하고서 돌아섰다. 사

람들은 눈물을 닦으며 그를 쳐다보았다.

나찰염요가 물었다.

"이제 어떡하실 건가요?"

담우천은 지난 이틀 동안 부상 회복에 전력을 기울이면서 많은 생각과 고민을 했다.

어떻게 해야 복수를 할 수 있을까.

그들이 무적가와 싸우는 건 계란으로 바위를 치는 일과 다름이 없었다. 삼신은커녕 수백 명의 절정고수로 구성되어 있는 무적가의 본진을 상대할 힘이, 그들에게는 없었다.

하지만 담우천은 정확하게 이해하고 있었다.

"우리의 적은 무적가가 아니다."

담우천은 사람들을 돌아보며 말했다.

"며칠 전에도 말했지만 삼신과 제갈원. 그들이 복수의 대상이다. 물론 그들을 죽이기 위해서는 무적가와 싸우지 않을 수가 없겠지만… 어쨌든 무적가, 더 나아가서 태극천맹과 부딪치는 일은 삼가야 한다."

그렇게 담우천은 이틀 동안 고민했던 자신의 생각을 나찰염요와 이매망량들에게 털어놓았다.

사람들은 그의 이야기를 심사숙고했다. 나찰염요가 몇 가지 조언을 했고 만월망량은 담우천의 계획을 조금 더 나은 방향으로 고쳐서 제시했다.

그들은 한나절 동안 이야기를 나눴고 마침내 대략적인 계획을 세울 수 있었다.

"일을 진행하면서 고칠 건 고치고 바꿀 건 바꾸면 된다. 지금 상황에서는 그게 최선인 것 같다."

담우천의 말에 사람들은 고개를 끄덕였다. 담우천은 이매망량들을 돌아보며 말했다.

"두 달, 그 안에 완벽한 몸 상태를 갖춰 돌아오도록."

"알겠습니다, 행수."

"결코 짐이 되지 않을 겁니다."

이매청풍과 만월망량은 주먹을 불끈 쥐었다. 담우천은 나찰염요를 향해 말했다.

"네가 고생이 심하겠구나."

나찰염요는 희미하지만 부드러운 미소를 머금으며 말했다.

"언니와 광자 오라버니를 위한 일인 걸요."

"그래. 그들을 위한 일이지."

담우천은 힐끗 고개를 돌리며 중얼거렸다.

그의 시선이 닿는 곳은 봉분에서 그리 멀리 떨어지지 않은 오솔길이었다.

그곳에 소화가 담호와 담창을 데리고 놀고 있었다.

담창이 까르르 웃는 모습이 보였다.

그 광경을 담우천이 입술을 깨물었다.

"그래. 기다려라, 제갈원. 반드시 되갚아줄 테니."

2. 사람은… 지켜야 할 게 있으면 강해져요

"성공했다는 소식인가?"

혈천노군은 쪽지를 태우고 있는 십삼매를 보며 물었다. 그 쪽지는 방금 전 무한지부에서 보내온 전서구의 발목에 묶여 있던 것이었다.

십삼매는 무표정하게 말했다.

"네."

혈천노군의 눈썹이 파르르 떨렸다.

"자하는… 허험."

그는 헛기침을 하다가 입을 열었다.

"죽었겠구나."

"네."

십삼매는 덤덤한 어조로 말하며 재가 된 쪽지를 바람에 날려 보냈다.

혈천노군은 자세를 고쳐 앉으며 물었다.

"이제 어떻게 할 생각이냐?"

"당연하죠."

십삼매는 차분한 모습으로 그를 쳐다보며 대답했다.

"그들은 다른 사람도 아닌 제 사촌 언니를 죽인 원수예요. 당연히 복수해야죠."

"복수라……."

"우리가 할 수 있는 건 다 동원할 생각이에요. 형부가…원한다면 무공과 영약, 수하들까지 내줄 수 있어요."

"그가 원할 리가 없잖느냐?"

"그래서 아쉬워요. 조금만 더 유연한 사고방식을 지녔으면 좋겠는데……."

그녀는 한숨을 쉬다가 불쑥 말했다.

"그러나저러나 삼신이라는 늙은이들, 정말 강한가 보군요."

"강하지. 특히 투신이라는 녀석, 진짜 지독할 정도로 강해. 물론 우리들에게는 상대가 되지 않지만 말이야. 그런데 왜 갑자기?"

그렇게 묻는 혈천노군은 자신만만한 얼굴이었다.

하기야 공적오마를 상대할 수 있는 자가 과연 누가 있을까.

그 끝없는 자긍심과 자존감에 십삼매는 미소를 지으려다가 문득 표정을 관리하며 말했다.

"우리 측에서 형부를 도와주기 위해 보냈던 황계천군(黃契千軍) 삼십 명이 몰살을 당했거든요. 그것도 겨우 투신 한 명에게 말이에요."

"이런."

혈천노군의 표정이 달라졌다.

황계천군은 저 태극천맹을 상대하기 위해 황계에서 전략적으로 양성한 최고의 무인들이었다. 그런데 겨우 투신 전앙 한 명에게 서른 명이나 되는 황계천군이 몰살을 당했다니.

"황계천군은 결코 약하지 않아요."

"물론이지. 누가 그들을 가르쳤는데."

십삼매의 말에 혈천노군은 당연하다는 듯이 고개를 끄덕였다.

"그만큼 삼신이 강하다는 뜻이죠."

"그 녀석, 지난 십여 년 동안 놀고만 지낸 게 아니로군."

"하지만 투신이 멀쩡히 돌아간 건 아니에요. 형부에게 입은 내상에다가 크고 작은 부상까지 입었다고 하네요. 아마도 한 반년 이상은 꾸준히 치료해야 할 거랍니다."

"호오, 담우천 그 녀석이 투신에게 내상을 입혔나?"

"보고에 의하면 이대도강(李代桃僵)의 계략을 사용한 것

같아요. 덕분에 형부 또한 상당한 부상을 입어야 했나 봐
요."

"흠. 어쨌든 생각 외로군그래. 그래도 투신에게 내상을
입힐 정도까지는 아니라고 생각했는데."

"사람은… 지켜야 할 게 있으면 강해져요."

십삼매의 말에 혈천노군은 의외라는 듯이 바라보았다.
그녀는 조신하게 찻잔을 들며 말을 이었다.

"아마 형부는 언니를 지키겠다는 일념으로 싸웠을 테고,
그래서 가진 능력보다 훨씬 강한 무위를 보여줬을 거예요.
게다가…….."

그녀는 말을 하다가 말고 차를 한 모금 마셨다. 그리고는
가볍게 고개를 끄덕이며 중얼거렸다.

"잘 끓였네요, 제 입으로 칭찬하는 건 우습지만."

"너야 원래 차를 잘 끓이지 않았느냐? 그래, 게다가… 뭐
냐?"

"게다가 그렇게 사랑하는 언니를 잃었으니… 앞으로 더
욱 강해지겠죠. 언제인지는 모르겠지만 다시 삼신과 붙게
될 때면 반드시 그들을 이길 거예요."

"흠…….."

혈천노군은 찻잔을 만지작거리며 말했다.

"겨우 한 번 본 것치고 상당히 잘 아는구나, 그 녀석에 대

해서."

"만나봐서 아는 게 아니에요."

"그럼?"

"선사(先師)를 괴롭혔던 사람이니까요. 선사에게 내상을 입혔던 자이구요."

"그랬지."

"그러고도 살아남은 유일한 자이니까요. 그러니 삼신 따위에게, 결코 이대로 당할 리가 없어요."

"그렇겠지."

"그래서 또 이번 계획을 추진했던 거구요."

"그랬군."

"마음에 들지 않으시죠?"

"아니다."

혈천노군은 짧게 대답했다. 하지만 그게 성의가 없다고 느꼈는지 그는 다시 입을 열었다.

"마음에 들지 않고 말고가 어디 있겠느냐? 네가 하는 모든 일이 네 자신을 위해서 하는 것이 아님을 잘 알고 있는데. 외려 가끔은… 네가 불쌍하게까지 생각되는데 말이다."

십삼매는 힘겹게 미소를 머금었다.

게서 대화는 잠시 끊겼다. 십삼매는 차를 마셨고 혈천노군은 찻잔만 만지작거렸다.

한적한 오후였다. 서늘한 바람이 살랑거리며 대청 안으로 스며들었다. 이제 성하(盛夏)의 계절이 물러나고 있었다. 비라도 한바탕 쏟아지고 나면 곧 가을이 올 것이다.

찻잔을 만지작거리면서 잠시 상념에 젖어 있던 혈천노군이 불쑥 입을 열었다.

"그럼 이제 나도 그만 가봐야겠다."

십삼매는 깜짝 놀라는 시늉을 했다.

"벌써요?"

"이번 일의 결말이 궁금해서 여태 눌러 앉아 있었던 게다. 내가 어디 그렇게 한가한 사람이더냐?"

혈천노군을 껄껄 웃으며 말을 이었다.

"앞으로도 계속 연락을 하마. 너 역시 필요한 게 있으면 언제든지 나를 부르고."

"알겠어요. 소주로 가신다고 했던가요? 은월천계의 계주를 찾기 위해서……."

"그래. 아마 한동안 정신없이 돌아다녀야 할 것 같구나."

혈천노군이 고개를 끄덕이다가 화제를 돌렸다.

"아, 그리고 말이다. 나중에 담우천이 삼신과 싸우게 된다면 말이지."

"말씀하세요."

"그때 내게도 연락을 보내거라."

"결말이 궁금하신가요?"

"아니다. 삼신 중 한 명에게 볼일이 있거든."

혈천노군은 씨익 웃으면서 말했다.

심지어 십삼매조차도 등골에 소름이 돋는, 그런 잔인한 미소였다.

3. 이란격석(以卵擊石)

"뭣이라?"

제갈보국은 침상에서 벌떡 몸을 일으켰다. 급보를 가지고 온 무사는 허리를 숙인 채 아무 말도 하지 못했다. 제갈보국은 그를 노려보며 말했다.

"다시 한 번 말해보거라."

수하는 억지로 입을 열었다.

"소가주께서 중상을 입으신 채 태극천맹의 무한지부로 후송 중이라고 합니다."

"누가 보냈느냐?"

"자운백이 특급밀전(特急密傳)으로 보내왔습니다."

"바보같이!"

제갈보국은 처소가 떠나갈 정도로 소리쳤다.

"도대체 자운백, 은한백은 뭘 한 게냐? 게다가 삼신까지

같이 가지 않았더냐?"

수하는 벌벌 떨면서 말했다.

"자하라는 계집이 소가주를 속이고 품에 안기는 척하다가 비수를 찔렀답니다."

"이런 바보 같은 자식!"

제갈보국은 주먹을 불끈 쥐었다.

자하는 무공을 모르는 여인이었다. 이미 그녀의 시중을 들면서 확인해 본 적이 있는 제갈보국이었다. 그런 힘없는 여인이 찌른 비수에 중상을 입다니, 도대체 자식 녀석은 무슨 생각을 하고 있었던 걸까.

보지 않아도 듣지 않아도 뻔했다.

자하를 되찾았다는 기쁨에, 그녀를 다시 안을 수 있다는 두근거림에 눈이 멀고 귀가 먹었을 것이다. 그러니 호신강기는커녕 그녀가 비수를 들고 찌르는 순간까지 그 기척조차 알아차리지 못했을 것이다.

"평범한 비수가 아니었답니다. 강철도 자를 수 있는……."

"헛소리 마라!"

제갈보국의 꾸짖음에 수하는 찔끔 놀라며 입을 다물었다.

"제아무리 대단한 신검이병(神劍異兵)이라 하더라도 녀

석이 단단히 준비하고 대처했다면 결코 그의 몸을 꿰뚫지 못했을 것이다."

그는 눈을 부라리며 말했다.

"그러라고 무공을 가르쳐 준 게고 또 가문의 모든 전력을 기울여 내공을 심어준 게 아니더냐?"

평소의 온화하고 차분하며 이지적인 제갈보국의 모습은 어디에서도 찾아볼 수가 없었다.

지금 그의 얼굴은 새빨갛게 달아올랐으며 목에는 굵은 핏줄과 힘줄이 지렁이처럼 꿈틀거렸다. 또한 그의 두 눈에서는 사람을 잡아먹을 듯한 살기가 뚝뚝 흘러 나왔고 불끈 쥔 주먹은 부르르 떨리고 있었다.

하나뿐인 아들이 죽을지도 모른다는 급보가 천하의 제갈보국을 이렇게 만들어 놓은 것이다.

하기야 제갈원은 대 귀한 무적가의 십삼 대 독자였다. 거기에다가 아직 후사까지 보지 않아서 만약 제갈원이 죽으면 무적가의 대가 끊기게 되는 셈이었다. 그러니 어찌 제갈보국이 침착함을 유지할 수 있겠는가.

"물을 가져오너라."

속이 타들어 가는지 제갈보국이 그리 말했다. 시중을 들던 계집종이 얼른 찻물을 가져왔다.

제갈보국은 찻주전자를 빼앗다시피 들고서 벌컥벌컥 들

이켰다. 이런 과격한 모습을 처음 본 계집종은 벌벌 떨면서 뒤로 물러났다.

찻주전자 절반을 들이킨 후 겨우 속을 식힌 제갈보국은 다시 수하를 향해 입을 열었다.

"담우천은?"

조금 전보다 훨씬 가라앉은 목소리였다.

"확인하지 못했답니다."

제갈보국의 눈살이 찌푸려졌다. 그가 진노하기 전에 수하는 재빨리 말을 이었다.

"애당초 그곳에 없었다고 합니다. 무투광자를 죽이고 이매망량들에게 중상을 입혔지만 그는 나타나지 않았다고 합니다."

"흠, 하기야 제 마누라가 죽는 마당에 겁먹고 숨어 있을 녀석은 아니지."

제갈보국은 중얼거리다가 잠시 상념에 젖었다.

'자하가 죽었다는 사실을 알게 된다면 놈은 결코 가만히 있지 않을 것이다. 비록 이란격석(以卵擊石)임을 뻔히 알면서도 복수를 하기 위해 덤벼들 것이다. 원래 그런 놈이고, 또 우리가 그렇게 키웠다.'

담우천에 대해서는 그 누구보다도 잘 알고 있는 제갈보국이었다.

그와 단둘이서 생활하며 아버지 노릇을 한 적도 있었다. 당시 일부러 폐인으로 만들었다가 다시 훈련을 시켜 제대로 된 병기로 만든 자가 바로 제갈보국이었다. 또 그 계획을 기안했던 이도 제갈보국이었다.

한 번 모든 것을 잃었다가 새롭게 시작하여 절정에 달한다면 그 무엇보다 강한 병기가 될 수 있소. 바로 그 적임자가 담우천이오. 나는 우리의 전쟁을 승리로 이끌기 위해서 반드시 이번 계획을 성사시킬 것이오.

그는 정파무림의 영수들이 모인 최고회의에서 그렇게 주장했고, 결국 그의 계획은 실행되었다.

사실 정사대전은 당시 최고조에 이르러 있었다. 그런 가운데 정파무림을 이끌어가는 영수 중 한 명이 무려 일 년 가까운 세월을 허송한다는 건 실로 모험에 가까운 일이었다.

하지만 제갈보국은 그 일 년의 후퇴가 자신들의 승리를 위한 초석이 된다고 생각했고, 결국 모든 것이 그의 뜻대로, 의지대로, 계획대로 되었다.

그리하여 정사대전이 정파무림의 승리로 끝났을 때, 태극천맹의 초대 맹주는 당연히 제갈보국이 되어야 했다.

하지만 사람들은 그를 시기하고 질투하고 경계했다. 제갈보국과 무적가가 무림에 우뚝 서는 걸 두려워했다.

구파일방이 주장한, 〈태극천맹의 맹주는 오대가문, 구파일방, 신주오대세가의 사람이 앉으면 안 된다〉는 제안에 제갈보국을 제외한 사대가문의 사람들이 찬성한 것은 바로 그러한 이유 때문이었다.

제갈보국이 다른 사대가문과 멀어지게 된 건 그 시절부터였다. 그는 태극천맹의 일에 관여하지 않았으며 오로지 무적가와 아들 제갈원의 성장을 돕는 데 주력했다.

그리하여 제갈원이 뭇 영웅호걸을 누르고 무림 최고수로 우뚝 설 수 있도록 만들고자 했다.

이미 제갈보국은 폐인이었던 담우천을 최절정의 고수로 키운 적이 있었다.

게다가 어떤 식으로 수련해야 하는지, 어떤 약이 몸에 좋고 어떤 게 독물인지, 제갈보국은 담우천을 상대로 연구, 수정, 보완할 수 있었다.

그런 까닭에 제갈보국은 또 다른 실수나 착오 없이 아들을 최절정의 고수로 키울 수가 있었던 것이다. 그러니 어떤 의미에서 보자면 담우천은 제갈보국이 제갈원을 제대로 키울 수 있게 만든 실험 대상이었다고 할 수 있었다.

그런데 이제 그 마지막 희망이었던 제갈원의 목숨이 경

각에 달려 있다는 것이다. 또한 그 실험 대상이었던 담우천이 제 아내에 대한 복수를 꿈꾸고 있을 것이다.

제갈보국의 머리가 복잡해졌다.

그는 한동안 고민을 하다가 자리를 떨치고 일어났다. 수하가 움찔 놀라 뒤로 물러났다.

"약당주에게 전하라."

제갈보국이 입을 열었다.

"나와 더불어 태극천맹의 무한지부로 함께 갈 것이니 본가의 비전 영약을 모두 챙겨두라고 말이다."

"알겠습니다."

수하가 머뭇거리며 물었다.

"언제 출발하실 겁니까?"

제갈보국은 당연하다는 듯이 말했다.

"지금 당장!"

第六章
나는 담우천이라 하오

담우천은 고개를 끄덕였다.

"나는 담우천이라 하오."

"담우천, 담우천이라⋯⋯."

용연은 잠시 기억을 더듬는 것처럼 그의 이름을 연달아 중얼거렸다.

그러다가 문득 믿을 수 없다는 듯이 그 아름다운 눈을 휘둥그레 뜨며 담우천을 쳐다보았다.

"서, 설마⋯ 과거 사선행자들의 행수?"

1. 장강 여행

담우천 일행은 안강 마을을 떠나 구강으로 향했다. 그곳에서 배를 타고 파양호를 벗어나 장강(長江)의 거대한 물결을 따라 동쪽으로 이동할 요량이었다.

"항주(杭州)에 갈 생각이다."

타고 갈 배를 기다리면서 담우천은 동료들에게 말했다.

"부상을 치료하고 몸이 회복될 때까지 그곳에서 장원 하나를 구해 머무르자."

"장원은 제가 구할게요."

나찰염요가 말했다.

"항주라면 제가 조금 인연이 있는 곳이니까요. 이번에는 황계 사람들조차 눈치채지 못하는, 정말 안전하게 은신할 수 있는 곳을 찾아야죠."

이매청풍의 얼굴이 살짝 달아올랐다. 안강 마을의 은신처는 그와 무투광자가 구한 곳이었다.

"좋아, 네게 맡기지."

담우천은 고개를 끄덕이며 말을 이었다.

"나중에 우리가 집을 비우게 된 이후에도 소화와 아이들이 안전하게 살 수 있어야 한다. 그런 것까지 생각해서 만반의 준비를 갖춰두면 좋겠다."

"알겠어요."

"제대로 움직일 수 있을 때까지 그곳에서 아이들을 가르치며 소일할 생각이다. 그런 연후 나는 유주로 떠나겠다."

"유주요?"

"변방의 그 유주 말씀이십니까?"

사람들은 뜻밖의 말을 들은 듯 앞다퉈 되물었다.

"그래, 그 유주다."

"그곳에는 무슨 일로?"

"게서 무공을 배워볼 생각이다."

"무공이라니요?"

"놈들을 상대하기에는 내 실력이 너무나도 부족하다는

것을 이번에 절감했다."

담우천은 담담하지만 자조적인 미소를 머금으며 말했다.

"복수를 하기 위해서는 지금보다 강해져야 한다. 그렇다고 내가 이 나이에 소림사에 들어갈 수도 없지 않느냐?"

이매청풍이 고개를 갸웃거리며 중얼거렸다.

"유주에 뭐가 있기에… 아, 그렇군요. 아이쿠!"

그는 제 이마를 치다가 인상을 찌푸렸다. 저도 모르게 부상을 입은 손으로 이마를 쳤던 것이다. 봉합한 손가락이 지끈거려 왔다.

"그래, 그곳에는 아호에게 심법을 전수해 준 뚱보가 있다."

담우천은 그리 말하며 유주의 저귀를 떠올렸다.

뚱한 표정의, 무뚝뚝한 사내. 하지만 뭔가 내력이 있는 듯한 자.

담우천은 그를 찾아가서, 그가 담호에게 전해주었던 그 심법을 가르쳐 달라고 부탁해 볼 생각이었다.

'만약 내 추측이 맞는다면… 그 심법은 분명 전설의 무무진경일 것이다.'

담우천이 그렇게 생각할 때, 이매청풍이 다시 고개를 갸웃거리며 물었다.

"아호에게 배우면 되지 않습니까? 굳이 그자를 찾아갈

필요는 없을 것 같은데요."

"그가 아호에게 전수한 심법은 완벽한 게 아니다."

"네? 그걸 어찌 압니까?"

"그럴 거라고 추측하는 게다."

담우천의 말에 사람들은 갸우뚱거렸다. 무슨 근거로 그렇게 추측하는지 듣고 싶었지만 담우천은 그 부분에 대해서 더 이상 언급하지 않았다.

"어쨌든 넉넉하게 생각할 것이다. 지금 당장 복수하겠다는 게 아니니까. 놈들을 상대할 수 있는 실력을 키우는 방법이 있다면… 뭐든지 해볼 것이다."

"거기에… 세력도 있으면 더 좋지 않겠어요?"

나찰염요가 물었다. 사람들은 고개를 끄덕였지만 이내 한숨을 내쉬었다.

어떻게 세력을 만들 것이며 사람을 모을 것인가.

물론 돈을 주면 구할 수 있는 용병이나 낭인 무리가 없는 건 아니었다.

하지만 그들이 싸워야 할 상대가 무적가라는 걸 알게 된다면… 아마도 하룻밤 사이에 모든 자가 야반도주를 할 것이다.

"세력은… 황계로 충분하다."

담우천은 잘라 말했다.

"황계요?"

"그래. 그들이 우리를 원한다면 마찬가지로 우리 역시 그들을 이용할 수가 있다."

"흠, 서로 목표하는 게 겹치기는 합니다."

부쩍 말수가 줄어든 만월망량이 오래간만에 입을 열었다.

"황계가 태극천맹의 붕괴를 목적으로 삼는다면 무적가는 그중 하나의 기둥에 해당되니까 말입니다."

"그래. 그 점을 이용하면 된다."

담우천은 그렇게 말하다가 문득 입을 다물었다. 뭔가 놓친 부분이 있는 것 같았다. 께름칙하고 불길한 기분이 등골을 스쳐 지나갔다.

하지만 담우천은 더 오래 생각할 수가 없었다. 그들이 탈선박이 당도했기 때문이었다. 그들은 수많은 승객과 합류하여 배에 올랐다.

생전 처음 파양호를 본 아이들은 입을 쩍 벌렸다.

"이게 바다라는 건가요?"

담호가 그렇게 물어볼 정도로 파양호는 거대했으며, 수많은 선박이 오고갔다.

그들을 태운 선박이 파양호를 벗어나 장강의 거대한 본

류(本流)에 들어섰을 때에도 아이들은 탄성을 내질렀다. 바다와 같은 강. 좌우 너비가 까마득하게 멀어서 날씨가 조금만 흐려도 강안(江岸)이 보이지 않는 거대한 강.

담호는 뱃전을 잡고 까치발을 한 채 대륙에서 가장 긴 강이자 젖줄인 장강을 보면서 즐거워했다. 엄마를 잃었다는 슬픔에서 금방 벗어나는 걸 보면 확실히 어린아이임에 분명했다.

소화 역시 기나긴 머리카락을 나부끼며 뱃전에 기대어 장강을 구경했다. 그녀의 품에 안겨 있는 담창이 연신 두 손을 허우적거리면서 "물, 물." 하고 깍깍거렸다. 아마도 장강에 뛰어들고 싶은 모양이었다.

부상을 치료해야 하는 환자들이 있기에 선실 하나를 통째로 빌린 담우천은 선실로 내려가는 통로 입구에 서서 그 모습을 가만히 지켜보았다.

'저 자리에 있는 여인이 소화가 아니라 자하였다면.'

나쁜 생각인줄 알면서도 담우천은 내심 그렇게 중얼거렸다.

"들어가서 쉬세요."

그의 곁에 서 있던 나찰염요가 문득 입을 열었다.

"다른 사람들이 힐끔거려요."

아닌 게 아니라, 지금 담우천의 모습을 보면 전쟁터에서

갓 돌아온 패잔병과 같아 보였다. 가슴을 칭칭 동여맨 붕대
는 물론 왼손과 어깨, 허벅지 곳곳에 감겨 있는 붕대가 그
러했다.

그의 왼손은 아직 완쾌되지 않은 상태였다.

사실 구씨 의생의 화타활인흑액고에 하루만 더 손을 담
갔더라면, 그리고 이후 조제해 준 약을 꾸준히 복용하고 느
긋하게 치료했더라면 지금쯤 완벽하게 나았을 것이다.

그러나 상황이 그의 완쾌를 허락하지 않고 있었다. 일들
이 조금씩 엇나가고 있는 거다.

담우천은 잠시 생각하다가 입을 열었다.

"제갈원이 갑자기 쓰러지고 이후 무적가 놈들이 황급히
물러났다고?"

"네."

나찰염요는 고개를 끄덕이며 말했다.

그녀는 자하가 제갈원의 가슴을 비수로 찌르는 광경을
보지 못했다.

단지 그녀는 지하광장의 벽 틈 사이로, 자하를 껴안던 제
갈원이 갑자기 무너지듯 쓰러졌고 놀란 마신 주유가 날아
와 자하를 냅다 집어던진 광경만 보았을 뿐이었다.

'역시… 자하는 땅에 떨어진 충격으로 죽었군.'

담우천은 입술을 깨물었다. 마신 주유 같은 자가 뒷일 생

각하지 않고 힘껏 내던졌으니 그 충격이 오죽할까. 게다가
머리부터 떨어졌다고 하니, 아마 뇌의 혈관이 터져 피가 고
였을 가능성이 높았다.

즉사하지 않은 것만 해도 다행인 것이다.

당시의 처참했을 광경을 생각하던 담우천은 문득 표정을
바꾸며 말했다.

"어쨌든 당시 제갈원은 중한 부상을 입었을 것이다. 그게
자하 때문인지 아닌지는 중요한 게 아니지."

나찰염요의 말에 의하면 제갈원은 곧 바로 들것에 실려
산 아래로 내려갔다고 했다.

그동안 단 한 번도 자하에 대해서 묻거나 걱정하는 기색
을 보이지 않았다고 했으니, 그의 자하에 대한 집착을 생각
해보면 그만큼 위중한 상태에 처했다는 의미다.

담우천은 계속해서 중얼거렸다.

"그러니 꽤 용한 의생을 찾아갔을 것이다. 목숨이 경각에
달린 중상이라면 어지간한 동네 의생은 거들떠보지도 않을
테고… 그들이 믿을 수 있는 의생을 찾으려 했을 것이다."

처음에는 이런 생각을 전혀 하지 못했다.

자하를 잃은 아픔과 타오르는 복수심에 그는 평정심을
잃고 있었다. 차분하고 이성적으로 생각할 여유가 없었다.

그러다가 장강을 따라 여행하는 선박에 오른 후, 드넓은

장강 물결을 지켜보면서 천천히 냉정을 되찾게 된 것이다.

그리고 며칠 전의 일을 돌이켜 생각하면서 당시 놓쳤던, 잊고 있었던 것들을 떠올릴 수 있게 되었다. 제갈원의 중상이 바로 그중 하나였다.

"과연 어디로 갔을까. 삼신과 구백들은 제갈원을 어디로 데려갔을까?"

담우천이 혼잣말처럼 중얼거릴 때, 나찰염요가 문득 눈빛을 빛내며 대답했다.

"아무래도 가장 가까운 태극천맹의 지부를 찾았겠죠."

"그렇겠지?"

안강 마을에서 가장 가까운 태극천맹의 지부는 무한에 있었다.

비록 천자산의 무적가와는 정반대에 위치해 있다. 하지만, 열흘 이상 걸리는 천자산보다는 무한이라면 그래도 안강 마을에서 삼 일이면 당도할 수 있었다. 제갈원의 상태나 당시 상황을 생각해본다면 역시 무한지부로 향했을 가능성이 매우 높았다.

그리고 마침 지금 담우천이 타고 있는 이 선박 또한 무한을 거쳐 동쪽으로 향하는 긴 여행 중에 있었다.

"설마……."

나찰염요는 담우천의 생각을 짐작했다는 듯이 고개를 저

으며 반대했다.

"안 돼요. 위험해요."

담우천은 담담하게 말했다.

"나도 안다, 위험하다는 것 정도는."

"다행이네요."

나찰염요는 안도의 한숨을 내쉬었다.

무한에 제갈원이 있는 게 확실하다면 분명 그 곁에 삼신
도 있을 것이다. 괜한 욕심을 부려서 제갈원을 살해하려 간
다면 아예 그는 만나지도 못한 채 삼신에게 역습을 당할 가
능성이 높았다.

하지만 나찰염요는 담우천의 얼굴을 천천히 훑어보았다.
과연 그가 말처럼 행동할지, 아니면 위험을 무릅쓰고 무한
으로 가려 할 것인지 알아보기 위함이었다.

담우천의 표정은 덤덤해 보였다. 그 얼굴만으로는 무슨
생각을 하는지 알 수가 없었다. 어느새 담우천은 예전의 그
로 되돌아와 있었다.

멀리서 담호가 웃는 소리가 들렸다.

슬픔은 빨리 잊고 현실에 쉽게 적응하는 아이들처럼, 담
우천도 그렇게 현실적인 사람일까.

나찰염요는 잠시 생각해 보았다.

오십 개의 선실에 약 이백여 명의 승객을 태우고도 자리가 넉넉할 정도의 거대한 선박은 느릿하게 장강의 물결을 헤치면서 동쪽으로 항진했다.

파양호를 떠난 지 삼 일째 되는 오후, 선박은 무한에 당도했다. 그곳에서 하룻밤을 지내며 물과 음식을 공수하고 휴식을 취한다고 했다.

무한이 목적지인 손님들이 하선하고 또 다른 여행객들이 승선하면서 무리가 얽혔다. 고성이 오가고 욕설이 번지는 가운데, 소리 없이 한 명의 사내가 배에서 내렸다.

"역시……."

선수(船首)에 홀로 서 있던 나찰염요는 한숨을 쉬며 중얼거렸다.

"그럴 줄 알았다니까."

배에서 내린 자는 담우천이었다. 그는 이내 사람들 사이로 파고들며 모습을 감췄다.

2. 용연

담우천은 과감하고 단호했으며 불타는 복수심을 가지고 있지만 멍청하거나 어리석지는 않았다. 무한의 땅을 밟은 그는 나찰염요의 걱정과는 달리 태극천맹의 무한지부를 찾지 않았다.

무한은 호광성 북쪽, 대륙의 정중앙에 위치한 거대한 성 도로, 예로부터 구성통구(九城通衢:아홉 성을 연결하는 네거리)로 알려진 교통의 요충지였다.

무한의 주변에는 동호(東湖)를 비롯한 많은 호수와 황학루(黃鶴樓)와 같은 수많은 명승고적이 있었다.

담우천이 찾아간 곳은 황학루였다.

강남삼대명루 중의 하나인 황학루는 오 층, 십칠 장 높이의 누각으로, 오 층에 오르면 무한의 전경이 한눈에 들어왔다.

때는 여름이 끝나가고 가을이 문을 두드리는 계절, 황학루에는 시원한 바람을 쐬면서 초추(初秋)의 풍경을 만끽하려는 이들로 가득 붐볐다.

담우천은 꼭대기 층으로 올라가 주위를 둘러보았다.

그곳에서 풍광을 구경하는 이 대부분이 짝을 이룬 남녀였다. 한쪽 구석으로는 마른 과일이나 건포를 파는 장사치, 두부를 파는 아줌마, 빙당호로(氷糖胡虜)를 손에 들고서 연신 호객하는 아저씨들이 모여 있었다.

담우천은 그중 두부를 파는 중년 여인에게 다가가 시원한 물두부를 한 그릇 사서 마시며 물었다.

"이곳 무한에서 급히 사거나 팔아야 할 게 있다면 어디로 가야 하오?"

중년 여인은 담우천을 힐끗 보며 대답했다.

"그야 무엇을 사고파느냐에 따라서 매번 달라지죠."

"쉽게 살 수 없는 것과 비싸게 팔 수 있는 것이오."

"사실 생각인가요? 아니면 파실 요량인가요?"

담우천의 말은 매번 엉뚱하고 뜬금이 없는 이야기였다.

하지만 두부를 파는 중년 여인은 넙죽넙죽 잘 받아넘겼다.

담우천은 두부 국물을 후르륵 마시고 나서 그릇을 넘겨주며 다시 말했다.

"비싸게 팔 수만 있다면 팔고 싶소. 그러나 역시 아무래도 사야 할 것 같소."

중년 여인은 그릇을 받아 쥐며 말했다.

"은자 한 냥이에요."

남들이 들었다면 까무러칠 일이었다. 겨우 동전 몇 문 하는 물두부 한 그릇에 은자 한 냥을 받다니, 이런 바가지가 또 어디 있을까.

그러나 담우천은 외려 은자 두 냥을 꺼내 그녀에게 건넸다.

중년 여인이 거스름돈을 주며 말했다.

"예서 동쪽으로 십오 리, 다시 서쪽으로 칠 리를 가면 화복도방(華福賭房)이라고 있답니다."

담우천은 거스름돈을 흘낏 바라보았다. 알고 보니 그건 시중에서 사용할 수 없는 철전(鐵錢)이었다.

하지만 담우천은 그 철전을 품에 넣으며 "고맙소"라고 말한 후 황학루를 떠났다.

강호의 대소사에 일가견이 있는 자가 그 광경을 지켜보 았더라면, 아주 훌륭하게 암화(暗話)를 나누는 장면이라고 감탄했을 것이다.

원래 암화라는 건 서로의 신분을 모르는 상태에서 상대 를 확인하고자 할 때 사용하는 은어를 뜻했다.

담우천은 자신이 기억하고 있던 옛 암화가 아직도 통용 되고 있다는 사실을 고마워했다. 만약 암화가 바뀌었거나 혹은 담우천이 일정 부분을 잊어버렸다면 이 철전을 손에 넣을 수가 없었을 것이다.

황학루에서 내려온 담우천은 여인이 가르쳐 준 길을 따 라 화복도방을 찾았다.

무한의 동서쪽 거리 골목 안쪽으로 자리 잡은 화복도방 의 문 앞에는 험상궂은 표정의 장한 두 명이 버티고 서 있 었다.

담우천이 그들에게 다가가자 장한 중 한 명이 손을 내밀 었다.

담우천은 두부 파는 여인에게 받은 철전을 꺼내 그에게 건넸다.

장한은 철전을 확인하더니 고개를 끄덕이면서 담우천에게 물었다.

"사실 거요, 팔 거요?"

"살 거요."

"이 층 오른쪽 끝 방으로 가시구려."

장한은 옆으로 비켜나며 도방의 문을 열어주었다.

담우천은 도방 안으로 들어섰다.

아편의 냄새와 연기로 자욱한 실내에는 거의 벌거벗다한 남녀들이 뒤엉켜서 도박을 하고 있었다.

도박을 하면서 가끔씩 음탕한 짓거리를 즐기는 것인지 아니면 음탕한 행위 도중에 생각나면 도박패를 돌리는 건지 알 수 없을 지경이었다.

담우천은 이 층으로 올라가 복도 오른쪽 끝에 있는 방으로 향했다.

문을 열고 들어서니 넓은 침상과 식탁 하나만 있는 조그만 공간이 보였다.

담우천은 식탁 앞의 의자에 앉았다. 얼마 지나지 않아 문이 열리고 시녀들이 음식과 술을 날라 왔다. 시녀들은 담우천을 향해 공손하게 절을 하고 나갔다. 그중 한 명의 시녀가 남아 담우천의 시중을 들었다.

담우천이 차분한 어조로 말했다.

"이런 장난을 즐길 시간이 없소."

시녀는 깜짝 놀라는 시늉을 하더니 이내 배시시 웃으며
말했다.

"처음 오신 손님이 아니신가 보네요."

담우천은 대답하지 않았다.

대신 여인의 얼굴을 가리켰다. 여인은 피식 웃고는 두 손
으로 얼굴을 매만졌다. 한 조각의 면구(面具)가 벗겨지고 그
녀의 본 면목이 드러났다. 눈이 확 뜨일 정도의 미모였다.

그녀는 웃으며 말했다.

"정식으로 소개 올리겠어요. 흑개방(黑丐幫)의 무한지부
를 책임지고 있는 용연(龍涎)이라고 합니다."

그녀는 공손하게 머리를 숙이며 제 이름을 밝혔다.

거창한 암화와 복잡다단한 절차를 거쳐야만 비로소 들어
올 수 있는 이 화복도방은 알고 보니 흑개방의 무한지부였
던 것이다.

흑개방은 개방, 황계와 더불어 강호의 모든 정보를 사고
파는 삼대세력 중 한 곳이었다.

그 세 세력은 정보를 판다는 공통점 이외에 각자 서로 다

른 특징이 있었는데, 개방은 역시 구파일방의 일방답게 무림의 정보나 비밀만을 취급했고 또 정파의 사람들만을 대상으로 사고팔았다.

반면 흑개방은 강호의 은밀하고 더러운 정보들까지 취급했으며 정사(正邪)의 인물을 가리지 않고 장사를 한다는 점에서, 그리고 황계는 무림뿐만 아니라 일반 사람들에 대한 정보까지 사고판다는 점에서 그들 세 세력은 서로 달랐다.

담우천은 담담하게 말했다.

"황계에 대한 정보를 듣고 싶소."

용연은 미소를 잃지 않고 물었다.

"뭘 원하시는데요?"

"십삼매와 자하."

일순 용연의 눈빛이 반짝였다. 그녀는 담우천의 술잔에 술을 따르며 말했다.

"뭘 알고 싶은데요?"

담우천은 술잔을 받아 단숨에 마셨다. 향이 좋은 죽엽청이었다.

그는 술잔을 내려놓으며 말했다.

"그녀들이 갈라서게 된 원인."

용연은 그윽한 눈빛으로 담우천을 바라보며 앵두같은 입술을 벌렸다.

"세상이 아무리 넓고 사람이 많다 하더라도 십삼매와 자하라는 이름을 아는 자는 그리 많지 않은데 말이죠. 도대체 그런 걸 물어오는 당신은 또 누굴까, 하는 호기심이 문득 생기네요."

담우천은 가볍게 눈살을 찌푸리며 물었다.

"언제부터 흑개방이 고객의 신분에 대해 궁금해했소?"

"아, 심기를 불편하게 해드렸다면 정말 죄송해요. 그저 개인적인 호기심이었을 뿐이에요."

"내가 원하는 것을 살 수 있겠소?"

담우천이 단도직입적으로 묻자 용연은 활짝 웃으며 입을 열었다.

"황계가 우리와 경쟁 상대라는 건 당연히 아시겠죠?"

"물론."

"그리고 경쟁 업체에서 벌어지는 일에 대해서는 항상 주시하고 있다는 것두요."

"그렇소."

"그러니 십삼매와 자하에 대한 이야기도 우리가 모를 리가 없겠죠."

담우천은 그녀가 뜸을 들이자 입을 다물었다. 하고 싶은 말이 있다면 해보라는 뜻이다.

그런 의도를 파악한 것일까. 용연이 눈을 반달처럼 휘며 웃었다. 그리고는 담우천의 곁으로 돌아와 그의 무릎 위에 앉으며 소곤거렸다.

"의뢰비는 받지 않겠어요."

담우천은 묵묵히 그녀의 말을 들었다.

그녀는 유혹하듯 담우천의 귀에 입술을 가까이 대고 속살거렸다.

"대신 당신에 대해서 이야기해 주세요."

3. 후견인

담우천은 대답하지 않았다.

그녀의 몽실한 둔부가 탄력 있게 담우천의 무릎을 비비고 있었다. 그녀는 다시 한 번 속삭였다.

"흑개방이 원하는 건 뭐든지 얻을 수 있어요. 당신이 직접 말하지 않아도 당신에 대해서 알 수 있는 방법도 많구요. 괜히 은자 수천 냥을 버리지 말고, 어때요? 이 교환 조건이. 결코 손해 보는 교환은 아닐 거예요."

담우천은 잠시 생각하다가 입을 열었다.

"태극천맹의 무한지부에 무적가의 제갈원이 있는지 알고 싶소. 그 두 가지 의뢰를 수락한다면 나에 대해서 이야기하겠소."

"어머, 욕심도 많으셔라."

용연은 담우천의 뺨을 가볍게 꼬집으며 말했다.

"흑개방을 상대로 흥정까지 하시다니. 게다가 제갈원이라면… 무적가의 당대 소가주가 아니던가요? 그런 거물의 행적은 꽤 비싸게 팔린답니다."

"싫으면 일어서겠소."

"음… 어떡할까나?"

용연은 고민하는 척했다.

담우천은 제 손으로 죽엽청을 따라 천천히 마셨다.

잠시 담우천의 옆얼굴을 바라보던 그녀는 콧잔등을 찌푸리는 식으로 살짝 웃으며 고개를 끄덕였다.

"에잇, 좋아요. 좀 손해 보지 뭐."

그녀는 담우천의 무릎에서 일어나 제자리로 돌아가 앉았다.

순간, 지금까지의 그녀라고는 도저히 믿어지지 않을 정도의 엄숙함과, 오만하게 느껴질 정도의 도도함이 그녀의 전신에서 뿜어져 나왔다.

역시 이 여인도 평범한 인물은 아니었다.

정색을 한 그녀는 담우천을 똑바로 쳐다보며 입을 열었다.

"먼저 제갈원에 대한 의뢰라면… 네, 이곳에 와 있어요.

사흘 전 무적가의 삼신이 수하 오십여 명을 이끌고 제갈원과 함께 태극천맹 무한지부를 찾았죠. 당시 제갈원은 가마를 타고 있었다고 했는데…….”

그녀는 말꼬리를 흐리며 담우천의 표정을 살폈다. 담우천의 얼굴에서 변화를 찾지 못하자 용연은 가볍게 한숨을 쉬며 말을 이어나갔다.

“이후 인근의 약방에 있는 약들이 소진되고 의생들이 불려간 걸 보면 꽤나 중한 부상을 입었던 모양이에요. 들리는 소문에 의하면 심장을 바로 비껴서 칼을 맞았다고 하더군요. 천하의 무적가 소가주가 그런 중상을 입다니… 상당한 고수에게 당했나 봐요.”

아쉽게도 네 추측은 틀렸다. 그를 그렇게 만든 건 무공이라고는 전혀 모르는 여인에 불과하거든.

“어쨌든 그 바람에 태극천맹 무한지부에는 비상이 걸렸어요. 경계 경비도 철저해졌고 주변 검색도 심해졌죠. 또 무적가의 가주가 직접 이곳을 찾는다는 소문도 있구요.”

당연한 일이다. 그 무엇보다 제 자식을 아끼는 제갈보국이 아니던가.

“자, 어때요? 만족스러운가요, 당신의 두 번째 의뢰에 대한 답변이?”

“만족스럽소.”

담우천은 무심하게 말했다. 용연은 배시시 웃으면서 다
시 입을 열었다.

"그럼 이제 당신에 대해 말해주세요."

담우천이 고개를 저었다.

"첫 번째 의뢰마저 해결한 후에."

"아뇨, 이번에는 양보하지 않을래요."

그녀는 싱글거리며 말했다.

"이 바닥이 원래 음흉하고 비열하기는 하지만 그래도 상
호 존중의 신뢰가 밑바탕에 깔려 있거든요. 서로를 믿지 못
하면 의뢰를 할 수도, 그에 대한 정보를 팔수도 없는 거잖
아요?"

그녀는 담우천의 눈과 시선을 맞추면서 덧붙여 말했다.

"손님은 우리의 정보를 믿고 우리는 손님의 의뢰비를 신
뢰하죠. 그래야 장사가 성립하죠."

담우천은 잠시 그녀를 바라보았다.

흑요석처럼 까만 눈동자가 별빛처럼 반짝였다. 아름다운
얼굴에 육감적인 몸매를 지녔고 탄력 있는 둔부를 가졌다.
같은 정보를 파는 입장이지만 십삼매와는 또 다른 느낌을
주는 여인.

그러나 역시 그 눈빛만큼은 똑같았다. 너무나 깊어서 그
진의를 알 수 없는 눈빛. 총명함이 반짝이고 세상의 온갖

지식으로 가득 찬 눈빛.

그리고… 원하는 것은 끝까지 얻고 말겠다는 집요함이 담긴 눈빛.

담우천은 고개를 끄덕였다.

"나는 담우천이라 하오."

"담우천, 담우천이라……."

용연은 잠시 기억을 더듬는 것처럼 그의 이름을 연달아 중얼거렸다.

그러다가 문득 믿을 수 없다는 듯이 그 아름다운 눈을 휘둥그레 뜨며 담우천을 쳐다보았다.

"서, 설마… 과거 사선행자들의 행수?"

담우천은 대답 없이 고개만 끄덕였다.

"십여 년 전에 죽었다고 알려졌는데……."

"지금 여기 이렇게 앉아 있소."

"믿을 수 없네요."

용연은 길게 한숨을 토해내며 중얼거렸다. 그녀의 숨결에서 달콤한 향기가 흘러나왔다.

"그 혈검수라 담우천이 이렇게나 젊은 분이셨을 줄이야."

"동안이오."

"그렇군요."

용연은 담우천의 얼굴을 뜯어보듯이 자세히 살폈다. 담우천은 묵묵히 그녀가 하는 대로 놔두었다. 이윽고 용연은 고개를 끄덕이며 말했다.

"좋아요. 이 정도면 충분히 용모파기를 해둘 정도로 당신의 얼굴을 익혔어요."

'그랬군. 이런 식으로 강호의 일들을 수집하는 거였구나.'

담우천은 생각하면서 입을 열었다.

"그럼 이제 십삼매와 자하에 대해서 이야기해 주시오."

"뭐 그리 대단한 건 없어요, 사실."

그녀는 어깨를 으쓱거리며 말했다.

"당시 차기 계주를 누가 이어받느냐를 놓고서 황계는 반으로 갈라졌죠. 당금 계주인 십삼매를 추천하는 파와 정통의 피를 잇고 있는 자하를 옹립하는 파. 이렇게 말이에요."

담우천의 눈빛이 희미하게 변했다.

용연은 그 변화를 놓치지 않고 지켜보면서 말을 이어나갔다.

"자하는 전대 계주의 딸이었거든요. 사실 자하라는 이름보다는 삼매(三妹)라는 애칭으로 더 많이 알려져 있었죠."

삼매, 삼매.

"반면 십삼매는… 후견인이 꽤나 대단한 거물이었어요."

공적십이마로군.

"더더욱 그들이 두 파로 나뉘게 된 것은 자하와 십삼매의 목표가 전혀 달랐거든요. 자하는 황계의 존속을 원했고 십삼매는 황계의 번영을 추구했죠. 비슷한 말 같지만 그 속뜻을 들여다보면 전혀 달라요."

십삼매가 주장한 황계의 번영이라는 것은 반대로 황계의 소멸을 의미하기도 했다. 무리하게 세를 확장하고 불리다가 자칫 적들의 역공을 당할 수도 있었다.

그러니 십삼매가 계주가 된다면 동전의 양면처럼 번영이나 소멸이냐의 미래를 두고 전진하게 되는 것이다.

반면 자하는 안정을 택하려 했다. 무리하는 것보다는 지금 이대로가 낫다는 입장이었다. 안정은 편안하지만 발전이 없고 발전이 없다는 것은 곧 퇴보를 의미했다.

"두 파는 격렬하게 싸웠어요. 그거 아세요? 원래 적이었던 자를 상대하는 것보다 같은 편이었던 자들을 상대로 싸울 때 사람은 더욱 잔인해진다는 것을요."

믿음에 대한 배신감. 잃어버린 신뢰에 대한 증오. 아마도 그런 것들이 사람을 더욱 잔인하고 악랄하게 만드는 것인지도 모른다.

"견디다 못한 자하가 결국 스스로 물러나고 황계를 떠났죠. 그게 십여 년 전의 일인데……."

말을 하던 용연의 눈빛이 무언가를 깨달았다는 듯이 반짝였다. 그리고 보니 담우천이 죽었다고 알려진 것 역시 십여 년 전의 일이 아니던가.

담우천은 그녀가 의뭉스러운 눈길로 자신을 쳐다보는 것을 신경 쓰지 않았다. 어차피 흑개방이 마음먹고 정보를 얻으려 든다면 담우천과 자하의 관계 정도는 한 달도 안 되어서 알아낼 것이다.

'어쨌든… 예측한 그대로군.'

담우천은 내심 중얼거렸다.

십삼매에게 자하의 이야기를 들었을 때부터, 대충 이런 식의 과정과 결말로 인해 자하가 황계를 떠나지 않았을까 추측하고 있던 그였다.

또한 용연의 이야기를 통해 그 속에 숨어 있는 뒷이야기까지 짐작하게 되었다.

'그러니까 황계와 공적십이마와의 연계는 십삼매를 통해서 이뤄졌다는 게로군.'

거기까지 생각하던 담우천은 문득 한 가지 사실을 떠올렸다.

'가만 있자, 용연의 말로는 십삼매의 후견인이 엄청난 거물이라고 했는데…….'

엄청난 거물들이 아닌, 엄청난 거물.

전자와 후자는 그 의미가 크게 달랐다.

'그렇다면 공적십이마 전체가 아닌 그중의 한 명이 십삼매의 후견인이라는 뜻.'

혈천노군일까.

아닐 것이다.

십삼매가 혈천노군을 대하는 태도를 보았을 때, 혈천노군은 결코 그녀의 후견인이 아니었다.

비록 공손하기는 했지만 십삼매는 혈천노군에게 지시하는 입장이었고, 혈천노군 또한 그녀를 손녀처럼 대하되 그녀의 말을 따르고 있었다.

그러니 어찌 보면 주종(主從)의 관계라고 할 수 있었다.

'그렇다면…….'

담우천의 눈빛이 반짝였다.

공적십이마 중 서열 최상위에 해당하는 혈천노군과 십삼매의 관계로 추측컨대, 십삼매의 후견인이 될 만한 엄청난 거물은 오직 한 명에 불과했다.

금강철마존.

담우천의 눈빛이 깊게 가라앉는 순간이었다.

第七章
삶을 살아가는 방법

"결국 그래서 그 무인은 전혀 내공이 없는 상태로 자신의 최후의 적을 해치우고 복수를 이뤘단다."

　"와아, 대단하네요!"

　담호는 진심으로 감탄하다가 혹시, 하는 얼굴로 물었다.

　"그럼 제가 배운 그 심법이 옛날 그 아저씨가 익혔다는 그 무공인가요?"

　담우천은 천천히 고개를 끄덕이며 말했다.

　"아마 그럴 것이다."

　담호는 마른침을 꼴깍 삼키며 다시 물었다.

　"그 무공 이름이 뭔데요?"

　담우천은 차분한 어조로 대답했다.

1. 영원한 슬픔은 없는 법이니까

그날 밤.

담우천은 다시 배에 올랐다. 정작 나찰염요는 아무것도 묻지 않았지만 이매청풍이 궁금한 듯 어디를 다녀왔냐고 물었다.

"뭣 좀 알아볼 게 있어서."

담우천은 짧게 대답했다.

이매청풍은 고개를 갸웃거리며 다시 물어보려 했다. 그러나 담우천의 표정이 예사롭지 않다고 느낀 듯 그는 곧 입을 다물었다.

다음 날 아침, 담우천 일행을 태운 선박은 무한을 출발하여 다시 장강의 본류를 타고 동쪽으로 항진했다.

구강에서 처음 배를 탄 지 약 열흘이 흘렀다. 그동안 호광을 지나 안휘를 통과하고 있는 참이었다. 여행은 순항(順航)이었다. 날씨도 좋았고 도적들도 보이지 않았다.

원래 장강은 장강수로십팔채(長江水路十八寨)라는 수적집단을 비롯하여 크고 작은 수적들이 수시로 출몰하는 곳이었다. 일반 상선들이나 여객선은 물론 심지어 표국의 표물, 나라의 공물까지 그들의 좋은 먹잇감이 되었다.

그러니 이렇게 보름 가까이 여행을 하는 동안 단 한 번의 수적도 만나지 않는다는 것은 실로 기적에 가까운 일이라 할 수 있었다.

다시 닷새가 지났다. 선박은 안휘를 통과하여 강소성의 경계로 들어서고 있었다.

예서 닷새 정도 더 배를 타고 가면 이 선박의 종착지인 소주(蘇州)가 나올 것이다. 게서 마차나 운하(運河)를 이용하여 남쪽 절강성으로 약 사나흘 정도 이동하면 마침내 그들의 목적지 항주에 당도하게 된다.

이매청풍과 만월망량의 몸은 빠르게 좋아졌다.

이매청풍의 찢어졌던 손가락은 어느새 원래의 모습으로 회복되어 가고 있었다. 만월망량의 어깨 또한 상태가 매우 좋아졌다. 아침저녁 나절 바람이 쌀쌀할 때 가끔씩 느껴지는 통증이 아니라면 이제 완쾌가 되었다고 할 정도였다.

그들은 싱글거리며 말했다.

"이거… 그 성도부의 구씨 의생, 아무래도 약왕문의 후예라는 소문이 맞기는 맞나 봅니다."

이매청풍이 그런 말을 할 정도로 구씨 의생이 준 약들은 효험이 매우 뛰어났다.

그러나 담우천은 생각이 달랐다.

'만약 그가 전설의 약왕문 사람이라면, 그리고 속명환이라는 게 진짜 약왕문의 명약(名藥)이라면 그때 자하의 목숨도 구할 수 있었을 것이다.'

환부(患部)를 쓰다듬기만 해도 병이 나았으며 절름발이도, 앉은뱅이도 손으로 매만지는 것으로 병을 고친다고 했다. 저 약왕문 사람들 앞에서는 구음절맥(九陰絶脈)이니 음양단맥(陰陽斷脈) 같은 절세의 희귀한 병들도 그저 가벼운 고뿔(감기)에 불과하다고 했다.

그러니 진짜 약왕문의 속명환이었다면 자하도 그렇게 죽어가지 않았을 것이다. 최소한 구씨 의생에게 데리고 가 보여줄 때까지 만이라도 생명을 연장시켰을 것이다.

담우천은 그렇게 생각했다.

물론 담우천 또한 속명환과 활인고의 효능 덕분에 상태

가 많이 호전되었다.

부러진 갈비뼈가 있는 부위에 활인고를 덕지덕지 바르면 피부 안쪽으로 녹아 들어가서, 부러진 뼈가 빠르게 접골(接骨)될 수 있도록 약효를 발휘했다.

속명환은 그의 내상을 치료하는데 탁월한 효능을 보였고 또한 몸속의 화기(火氣)를 다스려서 차분하게 마음을 가라 앉히고 냉정함을 되찾게 만들어주었다.

그들을 태운 선박이 남경을 지나 소주 근처에 다다른 것은 어느덧 팔월 초순이 지나 중순에 접어들 무렵의 일이었다.

그동안 작은 소란이 몇 번 있었다. 남경에 이를 때까지 단 한 차례도 보이지 않았던 수적이 무려 세 번이나 출몰한 것이었다. 그때마다 선장이 직접 그들을 맞이하여 몸값을 흥정하고 거마비를 쥐어주었다.

불과 열 명이 되지 않는 인원에 조그만 배 한 척. 그것이 수적의 전부였다. 하지만 선장은 결코 그들을 화내게 만들지 않았다.

그는 늘 웃으며 허리를 숙였고 수적들이 만족할 만한 액수를 제시하여, 아무런 피해도 입지 않고 계속 항진할 수 있도록 만들었다. 수십 년간 장강을 오고간 관록이 엿보이는 장면이었다.

이윽고 선박의 종착점인 소주에 다다랐다. 선박은 게서 열흘 정도의 정비 기간을 거쳐 다시 파양호 쪽으로 회항할 것이다.

담우천 일행은 마차를 구해서 항주로 향했다.

사실 육로보다는 운하를 이용하는 게 더 빠르기는 했지만, 오랜 항해로 지친 아이들이 또 배를 타야 한다는 것에 질색했기 때문이었다.

마차 여행은 아이들에게 색다른 즐거움을 주었다. 저녁나절 들르는 객잔에서 들려오는 이곳 특유의 사투리에 아이들은 환호성도 질렀다.

소화는 아이들의 친엄마처럼 그들을 보살펴 주었다. 하기야 자하가 오기 전 그녀는 확실히 아이들의 엄마 노릇을 했었으니까. 지금 그녀에게는 딱 어울리는 역할이라 할 수 있었다.

담우천은 이곳까지 오는 동안에도 쉬지 않고 담호에게 무공을 가르쳐 주었다.

선상(船上)에서도, 마차 안에서도 그는 틈이 날 때마다 무공을 가르쳤고 강호에 대한 지식을 아들에게 전해주었다. 마치 시간이 부족한 사람처럼.

그리하여 팔월 중순의 어느 날.

그들은 목적지인 항주에 당도하게 되었다.

　　　　*　　　　　*　　　　　*

　더 이상 말이 필요 없는 곳, 항주.

　드넓은 대륙에서 부유하고 풍광이 수려하며 사람 살기 좋은 곳 중에서도 손꼽히는 곳이 바로 항주였다.

　북쪽으로는 전단강과 장강을 잇는 운하로 양주를 거쳐 북경까지 배를 타고 갈 수 있었으며, 서쪽으로는 사천까지 장강을 이용할 수 있어서 그야말로 사통팔달의 하운(河運) 요충지이기도 했다.

　항주에는 무려 백만 명의 인구가 살아가고 있었다. 전통적으로 견직업이 성행했고 그 까닭에 항주의 비단 하면 세상이 다 알아주는 명품으로 손꼽혔다.

　무역 금지령이 떨어지기 전까지는 동남아와 서양의 무역선들로 항주만이 북적거렸다.

　그런 까닭에 외지인에 대한 경계가 낯설고 활기가 넘치는 곳이 또한 항주이기도 했다.

　항주에 도착한 담우천 일행은 한 객잔에 머물렀다. 나찰염요가 적당한 장원을 물색할 때까지, 그들은 객잔의 별채에서 사흘을 묵어야 했다.

　"괜찮은 장원이 하나 있더군요."

사흘 내내 항주를 쏘다니던 나찰염요가 돌아와서 말한 첫 마디가 그것이었다.

　"그리 넓지 않지만 오밀조밀한 구조에 풍취가 넘치는 정원이 있어요. 풍광이 좋고 햇빛이 잘 들어서 살기 좋아 보이더군요. 한적한 곳에 자리 잡고 있어서 주변 사람들의 시선을 끌 것도 없구요."

　"좋구먼. 당장 가지."

　이매청풍의 말에 나찰염요가 살짝 망설이는 표정을 지으며 입을 열었다.

　"그런데……."

　"그런데?"

　"한 가지 걸리는 게 있어요."

　"뭔데?"

　"올 봄인가… 그 장원의 젊은 여주인이 늙은 남편을 버리고 바람을 피웠다더군요. 장원의 총관과 눈이 맞아서 주인의 재산을 모두 빼돌린 다음에 야반도주를 했다네요."

　나찰염요는 살짝 어깨를 으쓱거리며 말을 이어나갔다.

　"그래서 의기소침해진 늙은 남편은 장원과 남은 재산을 정리하고 유랑길을 떠났다가 객사(客死)를 했다나……."

　흥미진진하게 듣던 이매청풍이 가볍게 눈살을 찌푸리며 말했다.

"그게 뭐 어때서? 그런 이야기야 어디든 있는 거고 언제든 들을 수 있는 평범한 소문이잖아?"

"그런데… 그 장원에 늙은 주인의 귀신이 나온대요."

그렇게 말하는 나찰염요의 눈빛이 살짝 흔들렸다. 겁을 먹은 티를 내려하지 않는 게 더 눈에 띌 지경이었다.

"응?"

이매청풍의 눈이 휘둥그레졌다.

"설마… 귀신을 무서워하는 거야? 천하의 나찰염요가?"

나찰염요의 볼이 살짝 붉어졌다. 이매청풍이 키득거리며 말했다.

"정말이야? 진짜야? 귀신이 무섭고 두려운 거야?"

나찰염요는 샐쭉한 표정을 지으며 말했다.

"사람은 안 무서워하잖아요."

"어어, 진짜네."

"어렸을 적에 귀신을 봤단 말이에요."

"아무리 그래도 천하의 나찰염요가 귀신을 무서워한다니 이거야 원……."

"흥, 한 번 더 그런 소리를 하면 가만있지 않을 거예요."

나찰염요의 표정이 독랄해졌다. 그제야 이매청풍은 입을 다물었다.

하지만 여전히 짓궂은 표정을 지으며 귀신 흉내를 내거

나 혹은 저 혼자 괜히 화들짝 놀라며 공포에 질리는 시늉을 했다. 소화의 품에 안겨서 젖을 만지작거리던 담창이 그 광경을 보고 까르르 웃으며 박수를 쳤다.

나찰염요는 상대를 할 수 없다는 듯이 한숨을 내쉬며 고개를 설레설레 흔들었다.

담우천은 묵묵히 그들을 지켜보고 있었다.

아이들뿐만이 아니었다. 어른들의 표정도 처음 안강 마을을 떠날 때보다 훨씬 밝아져 있었다. 가끔씩 어두운 표정이 깃들 때도 있기는 했지만.

하기야 영원한 슬픔은 없는 법이니까.

사람은 고맙게도 망각의 동물이어서, 아무리 아팠고 아무리 괴로웠던 일들이라 하더라도 시간의 흐름 속에서 지워내고 스스로 이겨낼 수 있는 힘을 가졌다.

만약 그 당시에 느꼈던 슬픔과 고통이 고스란히 각인되어 있다면 어떻게 삶을 살아갈 수 있겠는가.

잊혀가는 것이다. 또 흐릿해지는 법이다. 그게 삶을 살아가는 방법이다.

'하지만 지워지지는 않는 법이기도 하지.'

담우천은 그런 생각을 하면서 입을 열었다.

"뭐 상관없지 않겠나?"

티격태격하던 사람들이 고개를 돌렸다. 담우천은 어깨를

으쓱거리며 말했다.

"귀신이 나오면 내가 때려잡아 주지."

"귀신! 귀신! 나도 줘!"

담창이 크게 소리치며 박수를 쳤다.

"그럼 오라버니만 믿죠."

나찰염요가 웃으며 말했다. 하지만 어딘지 모르게 어색한, 귀신 생각에 굳어 있는 미소였다.

2. 무무진경(武無眞經)

나찰염요의 말 그대로였다.

풍광 좋고 볕이 잘 드는 남향의 장원. 사람이 살기에는 정말 좋은 공간이었다.

"싸게 드린 겁니다."

집 여러 채를 구입해서 사고파는 장사꾼인 왕씨(王氏)가 계약서에 날인하며 활짝 웃었다.

귀신이 나온다는 소문 때문에 거의 반년이 넘도록 빈 집으로 둘 수밖에 없었다. 그런 흉가(?)를 팔게 되었으니 기쁘지 않을 리가 없었다.

"이제 담 대인의 집이니, 물리겠다, 파기하겠다, 하는 소리를 해봤자 아무런 소용이 없습니다. 그럼 행복하게 오래 오래 잘 사시기를."

저주인지 축하 인사인지 알쏭달쏭한 말을 남긴 후 왕씨
는 어깨를 들썩거리며 장원을 빠져나갔다.

나찰염요는 괜히 주위를 두리번거리며 몸을 움찔했다.
담우천이 웃으며 말했다.

"걱정 마라. 내가 지켜주마."

나찰염요도 따라 웃으며 말했다.

"그래요. 꼭 지켜주세요."

물론 그들은 이 장원이 전설적인 명성을 날리던 도신(盜
神) 취몽월영(醉夢月影)의 거처라는 사실을 알 리가 없었다.

올 봄 취몽월영은 모종의 일을 처리하기 위해 헛소문을
낸 다음 장원을 팔았다. 이후 그는 젊은 제자와 함께 만리
장성 너머로의 기나긴 여정을 떠났다.

담우천 일행은 이곳이 그런 속사정이 깃든 장원임을 전
혀 알지 못했고, 또 사실 알 필요도 없었다. 어쨌든 이 쾌적
한 장원을 주변 시세의 절반에 가까운 가격으로 구할 수 있
어서 좋았을 뿐이었다.

시간은 쏜살처럼 빠르게 흘러갔다.

팔월인가 싶더니 어느새 구월이 지나고 시월이 되었다.
아침저녁으로 부는 바람에 살갗이 오돌오돌해지는 날씨가

되었다.

담우천이 살았던 변방이라면 눈이 내리고 있었을 것이
다. 그나마 강남의 항주였기에 아직 한낮의 거리에는 홑옷
만을 입고 돌아다니는 사람을 종종 볼 수가 있었다.

이제 건강을 되찾은 이매청풍과 만월망량은 하루에도 몇
번씩 장원 주위와 그 인근 오십여 리까지 돌아다니며 수상
한 자가 있는지 확인했다.

사람들을 훑어보는 그들의 눈매는 매서웠으며 예리했다.
두 번 다시 놈들에게 은거지가 발각되는 일은 없어야 했다.

그 노력 덕분이었을까. 귀신이 산다는 장원을 힐끔거리
는 평범한 행인들은 있었지만 집요하게 감시하고 관찰하는
자들은 보이지 않았다.

소화는 그 동안 엄마가 되어 있었다. 담창은 잠잘 때나
졸릴 때, 혹은 심심할 때에도 그녀의 젖을 주물럭거렸다.
그녀는 전혀 창피해하거나 부끄러워하지 않았다.

"좋은 유모가 될 게다."

언젠가 담우천이 그 광경을 보고 말한 적이 있었다. 이매
망량들은 한숨을 내쉬었다.

'그녀는 유모가 될 생각이 아니라……'

그들은 잘 알고 있었다.

담우천이 자하를 구출하러 간 동안 그녀가 왜 시집도 가

지 않은 처녀의 몸으로 마치 친자식처럼 담호와 담창을 보살폈는지, 또 평소 그녀가 어떤 눈빛으로 담우천을 쳐다보았는지 이매청풍과 만월망량은 누구보다 잘 알고 있었다.

'그녀는 아창, 아호의 유모가 아니라 그들의 진짜 엄마가 되고 싶은 겁니다.'

한 사내가 처첩(妻妾)을 여럿 거느리는 게 자연스러운 시대였다. 외려 처첩이 많을수록 유능하고 멋진 사내라는 소리를 듣던 시대였다.

자하가 있다고 해서 소화가 담우천의 아내가 될 수 없는 시절이 아니었던 것이다.

하지만 담우천의, 자하에 대한 사랑이 어느 정도인지 느낄 수 있기에 사람들은 아무 말도 할 수 없었다. 또 자하가 죽은 이후 담우천이 얼마나 슬퍼하는지도 잘 알고 있기에 여전히 내색할 수가 없었다.

그러나 소화가 그에 대해서 어떤 마음을 품고 있는지 전혀 모르는 담우천을 보게 되자, 그들은 입이 간지러워 어쩔 줄을 몰랐다.

그래서 이매청풍은 은근슬쩍 이렇게 말했다.

"아호와 아창이 진짜 엄마처럼 소화를 따르는군요."

담우천은 아무 생각 없이 고개를 끄덕이며 말했다.

"다행이지 않느냐? 제 어미 생각으로 매일 우는 것보다는 훨씬 낫다."

어쩔 도리가 없는 사내라니까.

사람들은 한숨을 쉬고 고개를 설레설레 흔들었다.

그들이 대화를 나눌 때 나찰염요는 조금 떨어진 곳에서 귀 기울여 듣다가 슬그머니 자리를 떴다.

그녀는 자하가 죽고 없는 지금, 실질적인 안주인 노릇을 하고 있었다. 이 장원을 담우천에게 팔았던 왕씨나, 나찰염 요가 자주 가는 저자거리의 상인들 또한 모두 그녀를 두고 담 부인이라고 불렀다.

한편 그 몇 달 동안 담우천은 담호와 떨어지지 않았다. 그는 새벽부터 늦은 저녁까지 담호와 함께 무공을 수련했 다. 목검부터 시작해서 진검을 사용할 수 있을 때까지, 담 우천은 엄격하고 열성적으로 가르쳐 주었다.

한편으로는 담호를 통해 저귀가 가르쳐 주었던 심법에 대해서 연구했다. 담호가 전해 주는 구결을 듣고 연구하면 할수록 담우천은 자신의 추측이 옳았다는 걸 알게 되었다.

'어린아이에게 전수하기에는 너무나도 난해하고 고매한 구결이다. 그래서 저귀 나름대로 풀어서 설명한 건데… 확 실히 그게 심법의 뛰어난 점을 망치고 있구나.'

담우천은 아쉬워했다.

물론 담호가 지금 익힌 심법만 하더라도 절세비급(絶世秘

筊) 소리를 듣기에 충분했다. 그러나 만약 그 심법의 원본이 담우천의 추측대로라면, 그건 고금(古今)을 통틀어 천하제일이라 할 수 있는 유일한 심법이었다.

'그것만 제대로 익힐 수 있다면…….'

그렇게만 된다면 삼신도 충분히 상대할 수 있을 것이다.

몸 상태가 점점 좋아지면서 담우천은 초조해하기 시작했다. 갈비뼈는 물론이고 왼손의 부상 또한 거의 완쾌가 되자, 그는 슬슬 떠날 채비를 갖췄다.

그전에 해야 할 일이 몇 가지 있었다.

차가운 바람에 나뭇잎들이 떨어지는 어느 날 아침, 담우천은 담호를 불러 앉힌 후 입을 열었다.

"요 몇 달 간 내 무공을 익힌 소감이 어떠냐?"

담호는 눈빛을 반짝이며 말했다.

"굉장해요. 신법도 보법도 검법도 모두 빨라서 좋아요. 특히 무극섬사는 익히기가 어렵지만, 제대로 익히면 너무나도 빨라서 그 누구도 피할 수 없을 것 같아요."

담우천은 기특하다는 눈빛으로 아이를 보았다.

'비록 어리지만 내 무공의 특징을 정확하게 파악하고 있구나.'

"그래. 이 아버지의 무공은 쾌(快)에 장점이 있지. 상대보다 빠르게 움직이면서 기회를 엿보고 상대의 공격보다 빠르게 회피하고 상대가 막을 수 없을 정도로 빠르게 일검을 날리는 것, 그게 바로 혈검수라라는 무인의 모든 것이다."

담호는 진지하게 부친의 이야기를 듣고 있었다.

"하지만 그렇게 쾌의 수법에 특화되다 보니 다른 부분이 상당히 부족하게 되었다. 그중에서도 가장 떨어지는 부분이 내공이다."

기실 담우천의 내공이라면 크게 뒤떨어지는 편이 아니었다. 어린 시절 영약으로 내공의 기초를 닦았고, 또 제갈보국이 제 아들을 위해 실험적으로 먹인 약물들로 인해서 담우천은 제 나이 또래 누구보다도 많은 내공을 지니고 있었다.

그런 담우천조차 자신의 내공이 부족하다고 말할 정도이니 영약과는 담을 쌓은 담호의 내공이야 따로 말할 필요가 없었다.

물론 아직 담호가 어리다고는 할 수 있지만, 명문대가의 경우 어릴 때부터 만년설삼이나 천년하수오 같은 영물과 내공을 증진시키는 영약을 먹인다.

예를 들어 제갈원 같은 자가 그러했다. 그가 저 삼신보다도 고강한 내공을 지니게 된 건, 아주 어릴 때부터 체계적으로 효과적인 약을 복용하고 심법을 운용하여 내공을 키웠기 때문이었다.

"하지만 그나마 다행인 것은 유주의 뚱보가 네게 전해준 그 심법이다."

"그걸 열심히 익히면 천하무적의 내공을 갖게 되나요?"

"그건 아니다."

담우천의 말에 담호는 실망하는 표정을 지었다. 담우천이 말을 이었다.

"옛날에 한 무인이 있었는데… 모종의 일로 내공을 모두 잃어버렸단다."

갑작스런 옛날이야기에 담호의 눈이 다시 반짝거렸다.

"내공이 없으니 어디 제대로 된 복수를 할 수 있겠느냐? 게다가 그의 원수는 당시 세상에서 가장 강한 무공을 지닌 자였다."

"정말 가슴 아팠겠네요."

"그래. 그런데 우연한 기회에 그는 한 무공을 익히게 되었지. 심법이라고 할 수도 있고, 심공(心功)이라고 할 수도 있으며, 혹은 불법(佛法)을 적어놓은 경전이라고 할 수도 있는… 그러니까 어느 하나로 딱 분류하여 정의 내리기 어려운 무공이었단다, 그것은."

담우천의 이야기에 담호는 고개를 갸웃거렸다. 세상에 그런 희한한 무공이 존재하다니, 하는 표정이었다.

"그걸 익힌 사내는 나름대로의 깨달음을 얻게 되었지. 그리고 상대의 힘을 이용하여 자신의 부족한 면을 보충하는 방법을 터득했고."

담호의 눈이 커졌다.

"어, 그건 언젠가 아빠가 제게 해줬던 말씀 같은데요."

"그래. 언젠가 해줬을 게다. 원래 사량발천근(四兩發千斤:네 푼으로 천 근의 힘을 낸다)이나 이화접목(移花接木:꽃을 옮겨 나무에 접붙인다)은 조금 성격이 다르기는 하지만, 어쨌든 상대의 힘을 이용하여 내 힘을 극대화시킨다는 점에서는 일맥상통하는 면이 없지는 않다."

점점 담우천의 말이 어려워지기 시작했다.

담호는 담우천의 입에서 알아들을 수 없는 단어들이 쏟아져 나오자 잠시 난감한 표정을 지었다. 하지만 소년은 곧 이해가 가지 않으면 무조건 외우겠다는 식의 결연한 표정을 지으며 아버지의 이야기에 집중했다.

담우천은 한동안 그런 용어들에 대해서 설명하다가 다시 화제를 돌렸다.

그는 그 기이한 무공을 익힌 사내가 어떻게 다시 일어서게 되었는지 이야기했고 또 수많은 적을 어떻게 물리쳤는지 설명했다.

"결국 그래서 그 무인은 전혀 내공이 없는 상태로 자신의 최후의 적을 해치우고 복수를 이뤘단다."

"와아, 대단하네요!"

담호는 진심으로 감탄하다가 혹시, 하는 얼굴로 물었다.

"그럼 제가 배운 그 심법이 옛날 그 아저씨가 익혔다는 그 무공인가요?"

담우천은 천천히 고개를 끄덕이며 말했다.

"아마 그럴 것이다."

"그럼 저도 그 심법을 제대로 익히면 아무리 내공 강한 자라고 하더라도 싸워 이길 수가 있겠네요."

"그럴 것이다."

"네, 알겠어요. 열심히 할게요."

그렇게 다짐하던 담호는 문득 궁금한 게 생겼는지 마른 침을 꿀꺽 삼키며 다시 물었다.

"그런데 그 무공 이름이 뭔데요?"

담우천은 차분한 어조로 대답했다.

"무무진경(武無眞經)이라고 한단다."

3. 나와 함께 자요

이후 담우천은 아들에게 정중동(靜中動)의 묘리부터 시작하여 부동심(不動心)과 평정심을 유지하는 방법에 대해서 설명했다.

아침에 시작된 그의 가르침은 밤이 늦게야 겨우 끝날 수 있었다. 그것으로 항주의 장원에서 해야 할 일들, 할 수 있는 일들은 모두 끝낸 담우천은 곧바로 항주를 떠날 생각을 했다.

'내일 새벽처럼 출발하자.'

담우천은 침상에 누워 그렇게 중얼거렸다.

시간이 더 있었으면, 아들에게 더 많은 것을 이야기해 주고 가르쳐 주고 싶었다.

그의 아들은 한 번 배운 것을 잊지 않았으며, 하나를 가르쳐 주면 열은 아니더라도 서넛까지 이해하는 놀라운 성장력을 보여주었다.

이매청풍과 만월망량의 말이 아니더라도 담호는 가르칠수록 더 많은 것을 가르쳐 주고 싶다는 생각이 절로 일어나게 만드는 학생이었다.

'이매망량들이 잘해주겠지.'

담우천이 유주에 다녀올 동안 이매망량들은 이곳에 남아 아이들을 보호하는 한편, 계속 담호의 스승 노릇을 하기로 했다.

나찰염요는 틈틈이 무적가와 제갈원에 대한 정보를 수집하는 역할을 맡았다.

소화는… 계속해서 아이들의 엄마 노릇을 할 것이다.

소화를 떠올리는 순간 담우천은 문득 저녁 식사 때의 광경이 떠올랐다.

식사를 하던 소화에게 나찰염요가 뭔가 이야기를 건넸고 일순 그녀의 얼굴이 살짝 붉어지는 것이다. 소화는 고개를 숙였고 나찰염요가 그녀의 등을 다독거리는 것이, 뭔가 위로를 해주는 모습 같았다.

'뭔 일이라도 있었나?

담우천은 옆으로 돌아누우며 생각했다.

그러고 보니 소화와 대화를 나눈 지도 꽤 오래 된 것 같았다.

천자산으로 떠나기 전까지만 하더라도 시시콜콜한 이야기까지 말하던 그녀였는데, 어느 순간인가 부터 담우천과 대화를 나누기 꺼려했다.

'좋은 녀석이다.'

담우천은 그렇게 중얼거렸다.

그리 대단하지도 않은 인연에 얽혀서 여기까지 쫓아온 그녀였다. 죽을 고비도 넘겼고 담우천에 의해 쫓겨날 뻔도 했었다.

속도 많이 상했을 것이고 가슴도 많이 졸였을 것이다. 그런데도 보면 항상 웃는 얼굴이었다. 떼를 쓰는 데에는 도가

튼 담창을 다룰 때에도 눈살 한 번 찌푸리지 않았다.

'자하마저 한숨을 쉬며 고개를 저었는데 말이지.'

담우천이 거기까지 생각했을 때였다. 누군가 조심스레 문을 두드렸다.

"들어와."

담우천은 담담하게 말했다.

방문 너머로 풍겨오는 향기는 나찰염요의 것이었다. 아니나 다를까, 문을 열고 들어선 이는 나찰염요였다.

담우천은 몸을 반쯤 일으키며 그녀를 쳐다보았다. 의외라는 표정이 담우천의 얼굴에 스며들었다. 지금 그녀는 속이 훤히 들여다보이는 잠옷을 입고 있었다.

하지만 그걸로 음심(淫心)이 동하기에는 두 사람은 너무나도 서로를 잘 알고 있었다. 그녀 또한 담우천을 유혹하려는 생각이 전혀 없는 듯, 태연한 얼굴로 다가와 침상에 걸터앉았다.

"무슨 일이야, 이 밤중에?"

담우천이 물었다.

"내일 떠날 건가요?"

나찰염요가 조용한 목소리로 되물었다.

"어떻게 알았지? 아무 말도 하지 않고 가려고 했었는데."

"하루 이틀 보는 사인가요, 뭐. 오라버니 눈빛만 보면 다 알아요."

"그렇군. 그래, 왜?"

담우천이 다시 물었다. 나찰염요는 그녀답지 않게 망설
이다가 불쑥 입을 열었다.

"나와 함께 자요."

담우천은 물끄러미 그녀를 쳐다보다가 물었다.

"귀신이 나올까봐 무섭나?"

나찰염요의 볼이 살짝 빨갛게 변했다. 부끄러워서 그런
것일까, 아니면…….

그녀는 딱딱한 어조로 다시 말했다.

"함께 정사(情事)를 갖자구요."

너무나도 무미건조하게 들려서, 그리고 일순 무슨 의미
인지 제대로 파악할 수 없을 정도로 직설적이어서 담우천
은 말을 하지 못했다.

그녀는 담우천의 대답을 기다리지 않았다. 자리에서 일
어나더니 그 속이 들여다보이는 잠옷까지 벗기 시작했다.
담우천의 표정이 딱딱해지기 시작했다.

"왜 이러는 건데?"

담우천이 묻자 그녀는 침상 위로 미끄러지듯 기어오르며
말했다.

"죽기 전에 한 번이라도 하고 싶어요, 오라버니와."

담우천은 입술을 깨물었다. 그녀의 진심이 그의 가슴에 와 닿았기 때문이었다.

죽기 전에…….

"그때 마신과 사신을 앞에 두고 저는 이제 죽었구나, 하고 생각했어요."

두두(兜兜:가슴가리개)와 하복부를 가린 얇은 천만 입은 채 그녀는 담우천에게 찰싹 달라붙었다.

"그 순간 딱 한 가지 생각만 떠오르더라구요. 꽤 짧지 않은 생을 살아왔는데도 다른 건 전혀 떠오르지 않고 오직 그것만이요."

"그게…….."

"그래요. 그건 왜 그동안 오라버니와 한 번 잠자리를 가지지 않았을까? 하는 아쉬움과 후회였어요."

그녀는 은근하게 담우천을 밀어 눕혔다. 그리고 그 위로 올라가 걸터앉으며 말을 이어나갔다.

"이제 그런 후회나 아쉬움 따위 남기고 싶지 않거든요."

"넌 죽지 않아."

"어쩌면 아마두요."

그녀는 담우천의 옷자락을 풀면서 말했다.

"하지만 오라버니는 죽을 거예요."

담우천은 대답하지 못했다. 아무래도 그럴 가능성이 높

기는 했으니까.

"오라버니가 죽어도 나는 후회할 거예요. 왜 그때 오라버니와 자지 않았을까, 하구요."

담우천은 여전히 말을 하지 못했다. 그는 자신의 웃옷을 벗기고 마저 바지마저 벗기는 나찰염요를 올려다보다가 한숨을 쉬며 입을 열었다.

"나와 자도… 후회하게 될 것이다."

"아니, 후회하지 않아요."

"나는 너를 좋아한다. 하지만 사랑하지는 않아."

"잘 알고 있어요."

나찰염요는 담우천의 옷을 모조리 벗겨냈다. 그리고는 자신의 두두와 얇은 천마저 벗으며 말했다.

"그냥 한 번 자는 것뿐이에요. 절 사랑해 달라는 것도, 아내로 맞이해 달라는 것도 아니에요."

담우천은 아무런 말을 할 수가 없었다. 그녀는 담우천의 몸을 부드러운 손길로 쓰다듬으며 속살거렸다.

"왜 이렇게 경직되어 있어요? 사실 우리 둘 다 숙맥은 아니잖아요?"

그녀는 담우천의 탄탄한 가슴에 입을 맞추며 말을 이어나갔다.

"또 한 번 몸을 섞은 걸 가지고 평생을 우려먹는 사람들도 아니고. 그런데 뭘 두려워하는 거죠?"

맞는 말이었다.

평소 담우천은 육체와 정신이 별개라고 생각하는 사람이었다. 또한 남녀 간의 정사라는 게 아주 대단한 일이라고 여기지도 않았다.

만약 그가 정조라든지, 순결이라는 걸 그 무엇보다 따지는 사람이었더라면 결코 자하를 받아들이지 못했을 것이다.

성적으로 문란하다기보다는 자유롭다는 게 옳은 표현이겠지만, 어쨌든 담우천은 정사를 나누는 것에 큰 의의를 두는 편이 아니었다.

그러니 나찰염요와 하룻밤 잠자리를 함께할 수도 있었다. 또 예전이라면, 그러니까 자하가 살아 있다 하더라도 일 년 전 정도라면 충분히 그녀의 제의에 응했을 것이다.

하지만 지금은 조금 달라졌다.

나찰염요는 그의 동료이기 전에 가족이 되었다. 그렇다. 여동생 같은 존재. 그렇기 때문에 담우천은 좀처럼 마음을 열지 못했다.

그러나 나찰염요는 끈질기게 그를 설득했고, 그녀가 하는 말은 구절구절 이치에 와 닿았다.

특히 "죽기 전에……"라는 그녀의 말이 담우천의 가슴에 가시처럼 걸려 있어서, 그는 나찰염요의 행동을 도저히 거부할 수가 없었다.

"후회하지 않을 자신이 있다면 좋아, 그렇게 하자."

담우천은 결국 그렇게 말했다.

나찰염요가 빙긋 웃으며 그의 품에 안겼다. 그녀는 최고의 육체를 가졌고, 자신의 재능을 적절하게 사용할 줄도 알았다. 이내 담우천의 몸이 뜨겁게 달구어졌다.

나찰염요는 담우천의 아랫도리에 제 몸을 밀착시키며 소곤거렸다.

"가만히 있으세요. 제가 다 알아서 할 테니까."

담우천은 가만히 있을 수가 없었다.

약 일 년 만에 느끼는 쾌감이었다. 그의 모든 것이 그녀의 몸속으로 빨려 들어갔다. 발가락이 움찔거렸고 허리가 들썩였다. 신음이 절로 흘러나왔다.

그녀도 마찬가지였다. 나찰염요는 최선을 다해 몸을 움직였다. 감창(甘唱)의 숨 막히는 듯한, 흐느끼는 듯한 소리가 방 안에 가득 울려 퍼졌다.

끊임없이 이어지며 한없이 솟구치는 쾌락 속에서 문득 생각났다는 듯이 나찰염요가 허리를 숙여 담우천의 귀에 대고 소곤거렸다.

"아, 저처럼 더 이상 후회하지 않으려는 이가 한 명 더 있답니다."

담우천의 표정이 일순 굳어졌다.

저도 모르게 저녁 식사 때의 나찰염요, 그리고 소화의 모습이 떠올랐다.

"그녀는 지금 목욕을 하고 제 방에서 초조하게 기다리고 있답니다."

"하지만 그건⋯⋯."

"저와 소화는 다른가요?"

"아니, 그렇지는 않지만⋯⋯."

"그럼 상관없잖아요. 그녀 역시 오라버니의 아내가 되고 싶어 하는 것도 아니고 또 오라버니의 사랑을 갈구하는 것도 아니니까."

그녀는 그렇게 소곤거리는 와중에도 결코 움직임을 멈추지 않았다. 그녀의 엉덩이와 담우천의 하복부가 부딪쳐 미끄러지는 소리가 차지게 들려왔다.

"오늘 밤, 오라버니는 결코 잠을 잘 수가 없을 거예요."

거기까지 말한 그녀는 거칠게 숨을 토해내기 시작했다. 절정에 다다른 것이다.

동시에 담우천도 격한 신음을 흘리며 온몸을 부르르 떨었다. 놀랍게도 두 사람은 동시에 절정의 쾌락을 맛볼 수가 있었다.

"우리 속궁합이 생각보다 괜찮네요."

나찰염요가 만족한 미소를 머금고 일어났다.

"이럴 줄 알았다면 비선 때부터 함께 자둘 걸 그랬어요."

반면 담우천은 축 늘어졌다. 나찰염요는 잠옷만을 걸치고 밖으로 나가면서 등잔불을 껐다.

방이 어두워졌다.

그 컴컴한 어둠 속에서 담우천은 저도 모르게 긴 한숨을 내쉬었다.

도대체 지금 무슨 일이 벌어지고 있는 것일까.

문득 자하가 떠올랐다. 물론 그녀에게 미안하다는 감정은 들지 않았다. 그녀는 담우천이 사랑하는 단 한 명의 여인이었으니까.

그렇다고 해서 이 상황이 그저 즐겁기만 한 것도 아니었다. 절반 정도는 의무감이 담긴 정사라고나 할까.

그때였다.

아주 조심스럽게 문이 열리고 한 여인이 방으로 들어왔다.

나찰염요의 향기와는 또 다른 향기를 지닌 여인, 소화였다.

담우천은 그녀가 떨고 있다는 것을 알 수 있었다.

그녀의 심장은 쿵쾅거리고 있었다. 문을 열고 들어서기

는 했지만 차마 가까이 오지 못하는 그녀였다. 어쩌면 문 밖에서 나찰염요가 그녀를 떠미는 바람에 겨우 방 안에 들어선 것인지도 모른다.

그런 그녀가 불쌍했던 것일까. 아니면 역시 의무감 때문이었을까.

담우천은 결국 손을 내밀며 말했다.

"이리 와."

그제야 소화가 떨면서 다가왔다.

알고 보니 그녀는 아예 옷을 입지 않고 있었다. 담우천이 손을 뻗어 그녀를 안았다. 그의 품에 안겨든 소화의 호흡이 가빠지기 시작했다.

소화의 잠옷을 빼앗아 든 채 문밖에 서서 귀를 기울이던 나찰염요가 빙긋 웃었다.

'오늘 밤은 잠 잘 생각을 하지 마세요, 오라버니.'

第八章
내게 가르쳐 주시오

그는 점점 더 뒤로 몸을 젖혀서, 마치 의자에 파묻히기라도 한 것처럼 보이는 모습으로 앉아 있었다. 마치 담우천과의 간격을 최대한 벌리는 것처럼.

자네와 나의 거리는 이 정도나 멀리 떨어져 있네. 그건 다시 말해서 우리가 객잔 주인과 손님의 관계일 뿐이지, 뭘 부탁하고 들어줄만한 사이가 아니라는 뜻이네.

저귀는 말이 아닌, 앉아 있는 자세만으로 그렇게 이야기하고 있었다.

1. 그가 이곳에 온 거야!

거센 바람이 한차례 휩쓸고 지나갔다.

낙엽이 거리를 가득 메웠다. 을씨년스러운 풍경 속에서 사람들은 두툼한 옷을 입고서도 잔뜩 몸을 웅크린 채 길을 걸었다.

산동의 시월 중순 날씨 치고는 매서운 바람이 불고 있었다. 가뜩이나 짧은 가을이 벌써 물러나고 있는 게다.

그러니 뜨끈한 국물과 술이 잘 팔리는 건 당연한 일이었다. 게다가 소운주루(素雲酒樓)의 뜨거운 고깃국물은 이 일대에 맛있기로 정평이 나 있어서 그날도 대청은 많은 손님으로 바글거렸다.

사람이 많으면, 특히 술 취한 사내가 많다 보면 반드시라고 할 만큼 소란이 일어나게 되어 있다. 거기에 묘령의 아리따운 여인이 끼어 있다면 더더욱 그러했다.

"도대체 이 녀석들 뭐야?"

앙칼진 여인의 목소리가 들려왔다.

눈매가 매섭고 성질이 있어 보였지만, 그래도 뭇 사내들이 군침을 돌게 만들 정도의 매력적인 미모와 육감적인 몸매를 지닌 여인이었다.

아니, 여인이라고 하기에는 아직 풋풋한 기운이 감도는 십대 후반의 그녀는 제 앞에서 거들먹거리는 사내들을 한심스럽다는 눈빛으로 쳐다보며 말했다.

"어디서 온 자들이기에 나를 몰라보는 거지?"

여인의 목소리는 싸늘하고 매서웠다.

반면 제법 술을 마신 듯 비틀거리기까지 하는 사내들이었지만, 그래도 불알 달린 놈들이라고 개 버릇 남 못 준 채 계속해서 농을 걸었다.

"헤에, 어디서 온 게 무슨 상관이냐?"

"미안하다. 내가 이 동네 창기(娼妓)들은 잘 몰라서… 너를 알아보지 못했구나."

한눈에 봐도 제법 힘을 쓰게 생긴 사내들의 위세에도 불구하고 여인은 눈 하나 깜빡하지 않았다. 또한 다른 손님들 역시 혀를 차며 그들을 동정하고 있었다.

"곱게 술이나 처먹지, 하필이면 그녀를 건드리나?"

"그러게 말이야. 시신이라도 온전히 보존할 수 있을지 모르겠다."

"그러나저러나 예전에는 그저 쾌활하고 명랑하던 아가씨였는데 말이지, 강호 물을 먹고 오더니 암호랑이가 되었다니까."

"그게 강호라는 곳이겠지. 얼마나 지독하고 잔악한 동네면 저 마음씨 착한 아가씨가 나찰(羅刹)이 되어 돌아오셨겠어?"

사람들은 여인이 들을까 봐 조심스레 소곤거렸다.

그 미모의 여인은 이 동네에서 꽤나 유명한 모양이었다. 주루의 모든 사람이 그녀를 알고 또 그녀를 두려워하고 있었다.

하지만 아쉽게도 그 술에 취한 네 명의 사내는 그녀를 전혀 모르고 있었다. 그래서 손이 잘려 나간 것이다.

맨 앞에 서 있던 사내가 음흉하게 웃더니 갑자기 손을 뻗어 그녀의 가슴을 만지려 했다.

하지만 다음 순간 사내는 멍한 표정을 짓고 말았다. 분명 위치상으로는 그녀의 젖가슴을 만져야 했고, 그 촉감을 느껴야 했는데 손에는 아무런 감각이 느껴지지 않았던 것이다.

사내는 제 손을 내려다보았고, 손목 부근부터 싹둑 잘려 나간 걸 보고는 뒤늦게 비명을 지르며 마구 날뛰었다.

그의 동료들 또한 무슨 일이 벌어졌는지 모른 채 엉거주춤 서 있다가, 동료가 잘려 나간 팔을 붙잡고 비명을 지르자 그제야 상황 파악을 했다.

일순 그들의 얼굴에서 술기운이 사라졌다.

그들은 허리춤의 칼을 빼들고는 여인을 향해 다짜고짜 공격을 퍼부었다.

그러나 여인이 더 빨랐다. 그녀의 탁자 위에 놓여 있던 검이 사라졌다 싶은 순간, 세 명의 사내는 동시에 칼을 떨어뜨렸다.

정확하게 표현하자면 칼을 쥔 손목이 잘려 나가 떨어진 것이었다.

"으악!"

사내들은 비명을 내질렀다.

여인의 탁자에는 언제 검을 사용했냐는 듯이 그대로 검 한 자루가 놓여 있었다. 검날에 묻은 채 뚝뚝 흘러내리는 핏물이 아니었더라면 그 누구도 그녀가 검을 사용한 적이 없다고 여겼을 것이다.

"돼지처럼 꽥꽥거리지 말고 얼른 꺼져라."

여인은 매몰차게 말했다.

"그나마 손속에 정을 둬서 목숨만큼은 살려준 것이니까 고마운 줄 알고."

하지만 다른 것도 아니고 칼을 휘두르는 손이 잘려 나간 것이다. 더 이상 힘 자랑, 무공 자랑을 할 수 없는 몸이 된 사내들이었다.

그들은 악독한 눈빛으로 여인을 노려보면서 소리쳤다.

"어디의 계집이냐? 신분을 밝혀라. 반드시 복수할 것이다!"

"흥."

여인은 코웃음을 치고는 말했다.

"천궁팔부의 호지민이야. 복수를 하러 오겠다면 언제든지 환영하겠어."

일순 사내들의 안색이 새하얗게 변했다.

천궁팔부라면 이곳 산동 지역의 패자(霸者)로 군림하는 단체였다. 그 천궁팔부의 주인이 호천광이었던가.

'비, 빌어먹을. 이 계집이 열혈태세 호천광의 여식이었던가?'

'그런 계집이 왜 이런 허름한 술집에서 술을 처먹어?'

사내들은 아무 말도 못한 채 여인, 호지민을 노려보다가 허둥지둥 밖으로 도망쳤다.

지켜보던 점소이가 벌벌 떨면서 다가와 잘린 네 개의 손을 들고 밖으로 나갔다.

손님들은 길게 한숨을 내쉬며 다시 술을 마시기 시작했다. 한차례 피바람이 불었는데도 불구하고 태연하게 술을 마시는 사람들의 모습을 보아하니 이런 일이 한두 번이 아닌 듯싶었다.

하지만 그 피 냄새를 견디지 못하는 사람도 있었다. 구석진 자리에 앉아서 가벼운 요깃거리를 두고 술을 마시던 사내 한 명이 슬그머니 자리에서 일어나 계산대로 향했다.

계산을 마친 그가 밖으로 나갈 즈음, 술을 들이키던 호지민이 고개를 들었다.

그녀의 시선에 사내의 뒷모습이 박혔다. 일순 그녀의 눈빛이 달라졌다.

"잠깐만!"

그녀가 소리쳤다.

주루의 모든 손님이 움찔하며 동작을 멈췄다. 술잔을 들거나 혹은 국물을 마시려던 그 자세 그대로 사람들은 얼어붙은 듯 움직이지 않았다.

하지만 그녀가 멈추라고 한 건 주루의 손님들이 아니라 방금 계산을 마치고 밖으로 나가는 사내였다. 정작 사내는 그녀의 부름에 응하지 않고 문을 열고 밖으로 사라졌다.

호지민은 탁자의 검을 쥐더니 곧바로 자리를 박차고 사내의 뒤를 쫓아 나갔다.

쿵!

소리와 함께 거칠게 문이 닫혔다. 그녀의 모습이 보이지 않게 되자 손님들은 안도의 한숨을 내쉬었다.

"휴, 우리가 아닌가 보군."

"또 어떤 자가 아가씨의 심사를 건드린 거람?"

손님들은 조금 더 큰 소리로 수군덕거리기 시작했다. 그리고 그 대화는 이내 호지민과 천궁팔부에 대한 원망으로 바뀌었다.

"도대체 천궁팔부는 뭐하는 거야? 하나뿐인 장중보옥이 저렇게 하늘 높은 줄 모르고 날뛰는데도 가만히 있다니."

"저러다가 칼침 맞기 딱 좋지. 그녀를 벼르고 있는 사람이 어디 한둘인가? 천하의 고수라 하더라도 뒤통수에 눈이 달려 있지는 않으니까."

"그러게 말이지. 어쨌든 호 아가씨 무서워서 이거 어디 마음 놓고 술을 마실 수 있겠나?"

호지민은 그렇게 주루의 손님들이 자신을 안주 삼아 씹어대는 줄도 전혀 모른 채 밖으로 뛰어나가 주위를 두리번거렸다.

놀랍게도 그녀와 대여섯 걸음 정도 앞서 나간 사내의 모습은 이미 사라지고 보이지 않았다.

어디로 간 걸까.

사내의 흔적을 뒤쫓는 호지민의 눈빛이 매섭게 빛났다.

'분명 그자였어.'

그녀는 입술을 악물었다.

사형을 죽인 것도 모자라 자신을 가두고 한껏 희롱하다가 아무 곳에나 내던져 버린 자.

그녀는 북쪽으로 이어진 거리를 노려보며 중얼거렸다.

"담우천… 그가 이곳에 온 거야!"

2. 꿩국

"깜짝 놀랐네."

전혀 놀라지 않은 표정으로 담우천은 그렇게 중얼거렸다. 끼니를 해결하기 위해 들른 주루에 설마 호지민, 그녀가 있을 줄 어찌 알았겠는가.

행여 귀찮은 일이 벌어질까 봐 얼른 자리를 떴는데, 그녀는 눈썰미 좋게 담우천을 알아본 것이다. 하마터면 이곳에서 발목을 잡힐 뻔했다.

나찰염요의 예언대로 그날 밤을 꼬박 새운 후 이른 새벽 항주를 출발한 담우천은 곧장 북쪽으로 말을 달렸다. 그리고 열흘 후 그는 산동성에 들어섰다.

사실 그는 산동에 오는 동안 호지민에 대한 생각은 단 한 번도 하지 않았다. 천궁팔부 역시 그의 기억에서 지워진 상태였다.

그런 데까지 신경 쓰기에는 그의 심사가 너무나도 복잡했으니까.

그러다가 우연히 호지민을 만나게 되자 그는 잊고 있었던 기억이 한꺼번에 떠올랐다. 또 그녀의 지독할 정도로 집요한 성격도 기억났다.

그래서 담우천은 서둘러 자리를 뜬 것이다. 주루에 맡겼던 말도 되찾지 못한 채 그는 호지민의 시야에서 최대한 멀리 사라졌다.

'말이 필요하다.'

말은 최고의 이동수단이었다.

물론 속도로만 따지자면 경공술 역시 말에 비해 그리 떨어지지 않았다. 하지만 말처럼 오랫동안 지속하기에는 내공의 소모가 큰 게 경공술이었다. 그래서 돈에 여유가 있는 무림인은 대부분 말을 타고 다녔다.

호지민이 뒤쫓아 오지 않는다는 걸 확인한 담우천은 마장(馬場)이나 마방(馬房)을 찾기 시작했다.

이곳은 제남(濟南)에서 약 이백여 리 떨어진 태안(泰安)이라는 마을로, 약 일만이 넘는 가호(家戶)가 밀집해 있는 꽤 큰 성시(城市)라 할 수 있었다.

게다가 태안에서 그리 멀리 떨어지지 않은 곳에 산동의 패자인 천궁팔부가 위치해 있어서, 제법 많은 말을 키우고 있는 마장이 여러 군데 있었다.

그중 한 곳에서 적당한 말 한 필을 산 담우천은 다시 제남을 향하여 말을 달리기 시작했다.

제남에서 곧장 북쪽으로 직진하면 하북성이 나오고, 게서 약 열흘 정도 달려가면 북경부에 들어서게 된다. 그리고 게서 약 보름 정도 말을 타고 북진하면 담우천이 가고자 하는 유주가 나온다.

십일월 중순이었다.

계절은 한겨울이었고, 유주의 땅은 얼어붙어 있었다. 눈보라가 거세게 휘몰아치는 황무지 너머로 유랑객잔이 외롭게 서 있었다.

한 달하고도 보름 가까운 긴 여정 속에서 담우천은 유랑객잔의 입구에 당도할 수가 있었다. 그는 말에서 내려 문을 열고 객잔 안으로 들어섰다.

*　　　　*　　　　*

삐거덕거리는 소리와 함께 문이 열렸다.

한 움큼의 눈보라가 사내와 함께 안으로 들이닥쳤다. 유랑객잔의 손님들은 사내가 들어서는 걸 힐끗 보고는 다시 제 할 일들, 술을 먹거나 식사를 하거나 혹은 잡담을 나누기 시작했다.

아직 한낮이었지만 실내는 어두웠고 손님은 제법 많이 모여 있었다. 그들은 하나같이 매서운 눈매에 살기 흉흉한 외양의 인물이었다.

새로 들어선 사내에게 신경 쓰는 사람은 아무도 없었다. 심지어 객잔의 뚱뚱한 주인마저도 그에게 눈을 돌리지 않고 물었다.

"식사? 술?"

사내, 담우천은 아무런 대답 없이 탁자에 앉았다.

뚱보 주인의 눈매가 살짝 휘어졌다.

기분 나쁜 것이다, 감히 내 가게에 와서 내 질문에 대답하지 않다니.

뚱보 주인은 한마디 하려고 고개를 돌렸다.

그제야 담우천의 얼굴을 확인한 그의 조그만 두 눈이 동그랗게 변했다.

"어라, 자네는……."

담우천이 살짝 고개를 끄덕이며 말했다.

"오랜만이오."

뚱보 주인은 두 눈을 끔뻑거리면서 그를 바라보다가 문득 크게 손뼉을 쳤다.

객잔의 손님들이 일제히 그를 돌아보았다. 뚱보 주인이 말했다.

"오늘 영업 끝. 다들 나가."

"그게 무슨 소리야, 저귀?"

"이제 막 술을 마시기 시작했다구!"

손님들은 아우성을 쳤지만 뚱보 주인이 위협하듯 인상을 쓰자 쳇쳇, 하면서 그들은 자리에서 일어났다.

그들은 돈 계산을 하면서 담우천을 노려보는 걸 잊지 않았다.

이 시골 촌부처럼 생긴 놈 때문에 쫓겨나다니, 하는 표정을 지으면서 그들은 객잔 밖으로 걸어 나갔다.

"어어, 춥다!"

"이놈의 눈보라는 언제 끝난담?"

객잔 문 밖에서 사람들이 웅성거리는 소리가 점점 더 멀어져 갔다.

뚱보 주인은 문을 걸어 잠갔다. 그리고는 주방으로 가서 국물 한 그릇과 술 한 병을 들고 나타나 담우천의 맞은편

자리에 앉았다.

"마시게."

담우천은 국물부터 한 모금 마셨다.

"뜨거우니까 조심하고."

뒤늦게 뚱보 주인이 한마디 했다. 담우천의 얼굴이 일그러졌다. 입천장을 데인 것이다.

담우천은 그릇을 내려놓으며 말했다.

"역시 맛있는 꿩국이라니까."

"그렇지?"

"중원을 떠도는 동안 가끔씩 생각나더군."

"그럴 거야."

뚱보 주인은 팔짱을 끼면서 어깨를 으쓱였다.

"강호에서 활약 중인 용병이나 낭인들이 일 년에 한 번씩 군이 유주로 되돌아오는 건 말이지, 이 꿩국 맛을 잊지 못하기 때문이거든."

담우천은 고개를 끄덕였다. 그런 말이 수긍될 정도로 이 꿩국은 맛있었다. 또 담우천 역시 가끔씩 이 꿩국이 생각나기도 했으니까.

"그래, 아내는?"

뚱보 주인이 손님들을 내쫓고 담우천과 단둘이 남은 이유가 바로 이것이었다. 그동안 담우천이 겪었던 이야기를 듣기 위해서, 그리고 무엇보다 괴인들에게 납치를 당했던 아내의 행방이 궁금해서.

"그보다 먼저."

담우천은 자리에서 일어나더니 품과 소매를 탈탈 털어 돈을 꺼냈다. 백 냥짜리 전표들과 열 냥짜리 은원보, 은자, 동전들이 탁자 위에 쌓였다.

뚱보 주인의 눈이 커졌다.

"뭐지 이건?"

"예전에 빚졌던 돈과 그 이자라고 할 수 있겠소. 그리고 이곳에서 묵을 숙박비."

뚱보 주인은 담우천의 품과 소매를 훑어보았다. 아마 가진 돈 모두를 털어낸 게 분명했다.

"너무 많은데."

"많지 않소."

"뭐 주는 건 거절하지 않으니까."

뚱보 주인은 씨익 웃더니 전대를 열고 돈을 한꺼번에 쓸어 담았다.

담우천은 다시 꿩국을 들이켰다. 돈을 챙긴 주인이 눈치를 보며 입을 열었다.

"아내는… 찾았나?"

뚱보 주인의 질문에 담우천은 무심한 어조로 말했다.

"찾았소."

"다행이네."

뚱보 주인은 마치 제 일이라도 되는 양 기뻐했다.

"정말 다행이야. 아호가 기뻐했겠군그래. 또 그 쪼그만 녀석도……."

이자, 담호의 이름을 기억하고 있구나.

담우천은 새롭다는 눈빛으로 뚱보 주인을 바라보았다.

하기야 뚱보 주인이 담호에게 심법을 전수해 줬으니, 어떤 의미에서는 사제지간이라고도 할 수 있겠다.

"그래, 그런데 왜 같이 안 왔나? 아, 아이들과 뒤따라오는 건가?"

뚱보 주인이 눈을 반짝이며 물었다.

담우천은 묵묵히 자신의 잔과 상대의 잔에 술을 따랐다. 일순 뚱보 주인의 표정이 굳어졌다. 눈치 하나는 덩치에 어울리지 않게 빠른 자였다.

"이런……."

뚱보 주인은 한숨을 내쉬며 술잔을 받았다. 담우천은 연달아 석 잔의 술을 마셨고 뚱보 주인 또한 함께 석 잔의 술을 비워냈다.

"죽었소."

담우천은 술잔을 내려놓으며 조용히 말했다. 뚱보 주인

은 물끄러미 그를 바라보다가 한숨처럼 말했다.

"명복을 비네."

그는 어찌된 일인지, 어떻게 담우천의 아내가 죽었는지 묻지 않았다.

물론 궁금하기는 했지만 그런 이야기는 담우천이 먼저 입을 열지 않는 한, 물어보는 게 아니었다. 의외로 뚱보 주인은 예의라는 것을 잘 알고 있었다.

담우천은 다시 국물을 마셨다. 그리고 술을 따르면서 천천히 입을 열었다.

"어디서부터 들려 드릴까?"

뚱보 주인은 잠시 생각하다가 말했다.

"이곳 유주를 떠난 이후부터."

담우천은 고개를 끄덕이며 입을 열려고 했다.

"잠깐만 기다리게."

그때 뚱보 주인이 벌떡 자리에서 일어났다.

"아무래도 이야기가 길어질 것 같으니… 국물만으로는 모자라지."

그는 서둘러 주방으로 향했다.

담우천이 홀로 한 병의 술을 모조리 비울 때까지 그는 나타나지 않다가, 한 마리의 먹음직하게 구운 오리구이와 술 두 동이를 들고 돌아왔다.

"시간은 충분하네. 그러니 천천히, 모든 걸 이야기해 주게."

뚱보 주인은 오리구이와 술동이들을 탁자 위에 턱, 하니 올려놓으며 말했다.

담우천이 입을 열었다.

"유주를 떠난 우리는 곧장 북경부로 향했소……."

3. 부탁이오

"그래서 우리는 강남으로 숨어들었소. 놈들이 우리를 찾지 못하고, 우리는 놈들을 쉽게 찾을 수 있는 은밀한 곳으로."

거기까지 말한 담우천은 입을 다물었다. 그것으로 모든 이야기가 끝난 것이다.

실내에는 화롯불이 타오르고 있는 가운데 밖은 어두워진 지 오래였다. 밤이 되면서 더욱 거세진 눈보라가 연신 창을 흔들며 기이한 소리를 내고 있었다.

탁자 위에는 여러 가지 요리가 먹다 만 채 남아 있었다. 사실 담우천의 모든 이야기를 듣기에는 한 마리의 오리구이와 술동이 두 개로는 부족했다.

뚱보 주인은 두 번이나 주방을 들락거려야 했다. 그의 이야기가 끝날 즈음에는 탁자 주변에 커다란 술동이 네 개가 아무렇게나 나뒹굴고 있었다.

"거참……."

뚱보 주인은 입맛을 다셨다.

불과 일 년 사이에 벌어진 일이라고 하기에는 너무나도 많은 일이 벌어졌으며 또 하나같이 기가 막힌 사연이었던 것이다.

뚱보 주인은 눈을 감았다.

단 한 번도 만나본 적이 없는 소화와 무투광자, 나찰염요와 이매망량들, 그리고 자하의 얼굴까지, 그의 감긴 두 눈 위로 떠오르는 것 같았다.

그들의 읽힌 인연들과 사정들이 뚱보 주인의 가슴속을 파고들었다.

태어나서 지금껏 변방을 떠돌다가 이곳 유주에 정착한 그였기에, 담우천의 파란만장한 이야기는 더욱 그의 감성을 건드렸다.

그는 잠시 감상에 젖어 있다가 문득 눈을 뜨며 말했다.

"아직 이야기하지 않은 게 있는 것 같은데."

역시 눈치 하나는 누구보다도 빠른 자였다.

"지금쯤 강남에서 무적가의 동태를 살피고 있어야 할 자네가 굳이 이곳 유주를 찾아온 이유 말이네."

사이좋게 절반씩, 그러니까 두 동이의 술을 비워낸 사람 치고는 여전히 눈빛이 맑고 깊은 뚱보 주인이었다.

담우천은 반쯤 남아 있던 마지막 술잔을 단숨에 비워냈다.

그리고 화제를 돌려 말했다.

"아호의 실력이 무척이나 늘었소."

그는 담호가 장정들을 상대로 싸운 이야기를 들려주었다. 또 이매망량들을 사부로 모신 후 일취월장한 실력에 대해서도 말해주었다.

뚱보 주인의 눈가에 희미한 웃음기가 스며들었다.

"호오, 그런가? 하기는, 워낙 똘똘하고 자질이 좋은 녀석이라 빠르게 성장할 거라고는 생각했네. 한 번 보고 싶군그래."

"물론 녀석이 끈기가 있고 집중력이 있기는 하오. 하지만 그 성장에는 말이오."

담우천은 이제 본론으로 들어가고 있었다.

"아무래도 녀석이 배운 심법이 단단히 한몫하지 않았을까 하는 생각이 드는구려."

일순 뚱보 주인의 눈이 가늘어졌다.

오호.

그래서 날 찾아온 게냐.

뚱보 주인은 의자를 젖히고 조금 뒤로 물러나 앉았다. 담우천이 계속해서 말했다.

"작년… 그러니까 처음 이곳에 들렀을 때, 혁 형이 이곳 주인장에 대한 이야기를 해준 적이 있더랬소."

저 뚱보 주인장의 증조인가 고조할아버지가 엄청난 고수였다네. 둔저(鈍猪)라는 별호를 가진 살수였다던가? 웃기는 말이지.

다름 아닌 살수의 별명이 둔한 멧돼지라니, 그렇게 어울리지 않는 별호가 또 어디 있겠나? 게서 나는 저 친구의 말이 거짓이라고 생각했네.

"물론 혁 형은 술에 취해서 농담하듯 말했지만 나는 그때부터 어쩌면 그건 거짓말이 아닐지도 모른다고 생각했소."

담우천의 말을 듣는 동안 뚱보 주인의 표정은 묘하게 가라앉았다.

흔들리는 화롯불로 인해 그의 얼굴에 생긴 음영(陰影)이 음산해 보이기까지 했다.

"둔저가 세상 사람들의 기억에서는 이미 잊혀진 지 오래인 별호였지만 나는 기억하고 있소. 둔저라는 살수가 얼마나 전설적인 살수였는지 말이오."

담우천은 정파 무림에서 키운 살수와 같았다. 그래서였을까, 당시 교부들은 아이들에게 한 시대를 풍미했던 살수들에 대한 이야기를 자주 들려주었다.

사상 최고의 살수 무영랑(無影狼), 단 한 명에게만 패했던 일점혈(一點血), 뚱보 살수 둔저 등등 수많은 전설적인 살수 중에서, 담우천이 가장 기억하고 있던 자가 바로 둔저였다.

살수로서는 태생적인 한계를 지닌 그였다. 또 무인으로서는 치명적이라고 할 수 있는, 내공을 잃어버린 그였다. 그럼에도 불구하고 그는 자신의 복수를 완성하고 끝까지 살아남아 은거했다.

그 영웅적인 이야기를 들으면서 어린 담우천의 가슴이 두근거렸던 건 당연한 일이었다.

"그래서 아호가 당신에게 전수받은 심법이 사실은 무무진경의 일부분이 아닌가 하는 생각을 했소."

담우천은 고개를 들고 뚱보 주인, 저귀를 바라보았다.

둔저의 또 다른 별명이 저귀였다. 돼지 귀신. 그게 둔저의 첫 번째 별호였다.

"또 그래서 찾아왔소."

저귀는 무표정한 얼굴이었다.

그는 점점 더 뒤로 몸을 젖혀서, 마치 의자에 파묻히기라

도 한 것처럼 보이는 모습으로 앉아 있었다. 마치 담우천과
의 간격을 최대한 벌리는 것처럼.

자네와 나의 거리는 이 정도나 멀리 떨어져 있네. 그건
다시 말해서 우리가 객잔 주인과 손님의 관계일 뿐이지, 뭘
부탁하고 들어줄 만한 사이가 아니라는 뜻이네.

저귀는 말이 아닌, 앉아 있는 자세만으로 그렇게 이야기
하고 있었다.

그걸 눈치 채지 못할 담우천이 아니었다. 하지만 그는 원
래 제 할 말을 끝까지 하는 성격이었다. 그래서 그는 저귀
가 가장 듣고 싶지 않아 하는 말을 입에 올렸다.

"부탁이오."

담우천은 절실한 눈빛으로 그를 바라보며 말했다.

"내게 무무진경을 가르쳐 주시오."

第九章
곡즉전(曲卽全)이라고 아나?

담우천의 말에 저귀는 눈을 가늘게 떴다. 그는 새삼스러운 표정을 지으며 물었다.

　　"자네, 언제부터 그렇게 말을 잘하게 되었나? 예전에는 몇 마디 하지도 못했는데 말이지."

　　"절실하기 때문이오."

　　담우천은 차분한 어조로 말했다.

　　"절실하게 원하고 있기 때문에 어떻게든 설득하려는 것이오. 내가 말을 잘하는 게 아니라 진심을 담고 말하기 때문에 당신의 마음에 닿는 것이오. 그래서 잘한다고 착각하는 것뿐이오."

1. 숙박비

우우우웅!

귀신의 호곡성 소리가 들려오고 있었다. 더 이상 귀신은 살지 않는다는 유주의 땅. 눈보라가 밤새도록 휘몰아치면서 귀신의 소리를 내고 있었다.

담우천은 그 소리를 들으면서 문득 나찰염요를 떠올렸다. 귀신이 무섭다는 여고수. 항주에서의 마지막 날 밤, 소화와 번갈아가며 담우천을 잠재우지 않던 그녀.

저귀는 좀처럼 입을 열지 않았다. 담우천은 굳게 입을 다물고 있었다. 그가 할 수 있는 말은 모두 한 상태였다. 이제 저귀의 반응만이 남았을 뿐이다.

물론 쉽게 허락을 받을 거라고는 생각하지 않았다. 그러나 또 거절당한 상태로 되돌아갈 생각도 없었다. 그랬다면 애당초 이곳 유주로 오지 않았을 테니까.

담우천은 술잔을 들다가 술이 다 떨어졌다는 것을 확인했다. 네 개의 술동이 모두 텅텅 비어 있었다. 담우천이 막 일어서려고 할 때, 저귀가 손을 내저었다.

"이곳 주인은 나네."

저귀는 무뚝뚝하게 말하며 자리에서 일어나 술 한 동이와 새로 데운 꿩국을 가지고 돌아왔다.

담우천은 묵묵히 술을 따라 마셨다. 저귀는 더 이상 술을 마시지 않았다. 새로 가지고 온 한 동이의 술이 절반가량 사라졌을 때였다.

저귀가 한숨을 쉬며 입을 열었다.

"거절한다고 해서 돌아갈 생각은 없는 거겠지?"

담우천은 당연하다는 듯이 말했다.

"아까 숙박비를 넉넉하게 드린 것 같소만."

"흠, 어째 많다 싶었네."

저귀는 괜히 받았다는 표정을 지었다. 하지만 한 번 전대 안에 들어간 돈을 다시 꺼내 돌려줄 마음은 추호도 없는 모양이었다.

"자네 아들에게 배워도 될 텐데."

그가 다시 말했다.

"그게 내가 아는 전부이니까 말일세."

"내 아들에게 배워도 상관없다면, 또 아들에게 가르쳐 준 게 당신의 전부라면, 지금 이 자리에서 내게 가르쳐 줘도 되지 않겠소? 어차피 그게 그거니까 말이오. 이리 배우나 저리 배우나 상관없지 않겠소?"

담우천의 말에 저귀는 눈을 가늘게 떴다. 그는 새삼스러운 표정을 지으며 물었다.

"자네, 언제부터 그렇게 말을 잘하게 되었나? 예전에는 몇 마디 하지도 못했는데 말이지."

"절실하기 때문이오."

담우천은 차분한 어조로 말했다.

"절실하게 원하고 있기 때문에 어떻게든 설득하려는 것이오. 내가 말을 잘 하는 게 아니라 진심을 담고 말하기 때문에 당신의 마음에 닿는 것이오. 그래서 잘한다고 착각하는 것뿐이오."

저귀는 묵묵히 담우천을 바라보았다. 담우천도 그를 바라보았다. 두 사내의 눈빛이 화롯불의 흔들리는 음영 속에서 서로를 마주하고 있었다.

"끄응."

저귀가 자리에서 일어났다.

"밤이 늦었군."

일순 담우천의 얼굴에 실망의 기색이 희미하게 스치고 지나갔다. 하지만 곧바로 그는 무심한 표정을 지었다.

"잠자리를 봐줌세. 이 층, 예전에 묵었던 방일세."

저귀는 삐꺼덕거리는 층계를 따라 올라가며 말했다. 담우천도 자리에서 일어나 그 뒤를 따랐다.

이부자리를 새롭게 깔면서 저귀가 혼잣말처럼 중얼거렸다.

"비인부전(非人不傳)이네."

제대로 된 사람이 아니면 전하지 말라.

"사실 자네 아들에게 전해주고 나서도 가끔씩 후회하지. 번민도 하네. 과연 제대로 된 녀석일까, 그걸 익힐 자격이 있는 녀석에게 전해준 걸까? 하고 말이네."

담우천은 문지방 옆의 벽에 등을 기댄 채 그가 이불을 정리하는 모습을 지켜보고 있었다.

"한편으로는 너무나 어리기 때문에 내 나름대로 이것저것 설명도 붙이고 너무 어렵거나 자질구레한 것들은 생략했으니까, 원본 그대로 전해준 건 아니니까 그나마 괜찮지 않을까 하고 자위도 했다네."

이부자리를 모두 정리한 저귀는 침상에 걸터앉았다. 그

리고는 담우천을 쳐다보며 말을 이었다.

"하지만 자네에게 전수해 주는 건 역시 다른 문제네. 자네가 누구인지, 어떤 상황을 겪었으며 왜 그걸 익히려 하는지 잘 알고 있네. 또 그렇기 때문에 함부로 전해줄 수가 없네."

"복수심에 불탄 자에게 건네기에는 너무나 위험하다 이거요?"

오래간만에 담우천이 입을 열어 물었다. 저귀는 천천히 고개를 흔들며 대답했다.

"그런 건 아니네."

그는 두 손으로 무릎을 짚으며 끄응, 하고 일어섰다.

"살을 빼야 하는데."

잠깐 다른 소리를 한 그는 다시 담우천을 보며 말했다.

"이것, 그러니까… 무무진경이 무엇인지 자네는 제대로 알고 있나?"

담우천은 잠시 생각하다가 대답했다.

"불법을 담은 진경인 동시에 무공비급이며 심법이라고 알고 있소."

그의 아들 담호에게 해줬던 말이었다.

"물론 그게 무무진경이기는 하지. 하지만 무무진경에는 더 큰 특징이 있다네."

저귀는 엉덩이를 긁적거리며 말했다.

"그건 익히는 자에 따라서 전혀 다른 위력을 발휘한다는 것이네. 가령 내가 익히면 천하의 색공이 될 수 있겠고, 자네가 익히면 두 번 다시 나올 수 없는 희대의 마공이 되는… 그런 식인 게지."

담우천의 눈살이 가볍게 찌푸려졌다.

이자, 내게 주기 싫어서 거짓말을 하는 건가?

하지만 저귀의 표정을 보건대 그는 지금 결코 거짓말을 하고 있지 않았다.

"수련하는 이의 마음 상태에 따라서 그 수련의 결과가 바뀌게 되는 게지. 실로 놀랍지 않나?"

담우천은 물끄러미 그를 바라보다가 고개를 끄덕였다.

"놀랍소. 당신이 지금 거짓말을 하고 있다는 생각이 들 정도로."

"거짓말이 아니네."

저귀는 담우천의 곁을 지나 문밖으로 나갔다. 담우천이 그 뒤를 따랐다. 일 층으로 내려간 저귀는 탁자에 앉아서 술잔을 들었다.

담우천도 자리에 앉았다.

단숨에 술잔을 비운 저귀는 크으, 하면서 인상을 찌푸렸다. 그리고 잔을 내려놓으며 말했다.

"내가 전해 듣기로, 이 무무진경을 익힌 사람은 모두 세 분이셨네."

어쩌면 그보다 더 많은 이가 익혔을지도 모른다.

사실 강호에서 무무진경이 사라지기 전까지 수많은 영웅호걸이 명멸해 갔고, 그들 중에 몇 명이나 더 무무진경을 익혔는지는 그 누구도 알 수 없는 일이니까.

"내 선조(先祖)께서 익히셨고 그분의 동료, 그리고 동료 분의 스승께서 무무진경을 십성(十成) 익히셨다더군. 하지만 그분들의 무공이 모두 달랐다네."

저귀는 담우천을 바라보며 말했다.

"이건 틀림없는 사실이네."

담우천은 고개를 끄덕였다.

"믿겠소."

"그래서 망설이는 걸세. 지금 자네의 마음 상태로 이걸 익혔다가는 희대의 마공이 태어날 것 같으니까. 어쩌면 자네가 무무진경을 익히는 와중에 주화입마에 빠져 마인(魔人)이 될 수도 있으니까."

담우천은 저도 모르게 마른침을 꿀꺽 삼켰다.

지금 저귀의 말은, 그러니까 자신에게 무무진경을 전수해 줄 수도 있다는 뜻이었다. 담우천의 마음이 명경지수(明鏡止水)처럼 맑고 깨끗하다는 전제조건이 붙기는 하지만,

저귀는 계속해서 말했다.

"아호가 그랬지. 티 하나 없이 맑고 깨끗한 성정이었으니까. 그럴 때 배우고 익히면 무무진경은 어떤 결과로 나오게 될까? 아마도 최소한 세상을 뒤집어놓는 마공은 아닐 걸세."

그때였다. 뭔가 담우천의 뇌리를 스치고 지나가는 생각이 있었다.

'그렇군. 이제야 알겠다.'

비인부전.

그것은 사람이 아니었다.

마음이었다.

감정이었다.

아니, 그것은 사람이었다.

제대로 된 사람이란 건 결코 자질이 뛰어나거나 머리가 비상한 자를 가리키는 게 아니었다. 불완전한 감정을 다스릴 줄 알고 맑고 깨끗한 마음을 지닌 자를 의미했다.

어린아이처럼 티 없이 맑은 눈빛을 한 사람. 어린아이처럼 보이는 모든 것을, 들리는 모든 것을 그대로 받아들일 줄 아는 사람. 그게 사람이었고 비인(非人)의 인(人)이었다.

그제야 담우천은 저귀가 원하는 바를 알 수 있었다. 그래서 그는 조용히 입을 열었다.

"알겠소. 사람이 되기 전까지는 두 번 다시 무무진경을 입에 올리지 않겠소."

저귀는 가만히 담우천을 바라보다가 문득 한숨을 내쉬며 중얼거렸다.

"이거 어쩌면… 숙박비를 너무 적게 받은 건지도 모르겠군."

2. 들려오는 소문들

그날부터 담우천은 저귀와 함께 유랑객잔에서 생활하기 시작했다.

그는 인시(寅時:새벽3시~5시) 초에 일어나 찬물로 목욕을 했다. 이후 천지일여심법으로 운기조식을 하며 마음을 다스렸다. 그의 마음 깊은 곳에 자리 잡은 분노와 슬픔을 지워내려 노력했다.

아침이 밝아오면 장작을 팼다. 밤새 내린 눈을 치우고 말의 먹이를 주었다. 그리고 객잔의 문을 열고 청소를 하기 시작했다.

손님 받을 준비가 끝날 때 즈음에서야 저귀가 기지개를 하며 나타났다. 담우천은 그에게 꿩국을 맛있게 끓이는 방법을 익혔다. 손가락으로 술단지를 두드려서 제대로 익은

놈을 고르는 요령도 배웠다.

그는 저귀와 함께 마주 앉아서 늦은 아침 식사를 했다. 점심나절이 되면 그제야 한두 명씩 어슬렁거리며 손님들이 들어섰다.

눈 덮인 황무지의 땅 속에서 기어 나온 듯 그들은 퀭한 눈빛과 초췌한 모습을 하고 있었다. 밤새도록 어디에서 무엇을 했을까.

담우천은 신경 쓰지 않았다. 그저 저귀를 도와 객잔의 허드렛일을 할 뿐이었다. 설거지와 청소는 기본이었고 가끔씩 요리와 술도 날랐다.

손님들은 이왕이면 예쁜 계집을 들일 것이지, 하고 투덜거렸지만 그래도 평소처럼 기다리지 않아도 금세 술과 음식을 가지고 오는 것에 대해서는 기뻐했다.

저녁 늦게 객잔은 영업을 끝냈다. 가끔은 한밤중까지도 문을 열기도 했지만, 대부분 미시(未時:오후 9시~11시) 정도면 객잔의 대청은 한산해졌다.

"나름대로 규칙적인 생활들을 하는 거네. 이렇게 느긋하게 술을 마시며 시간을 보내다가 일이 생기면, 아, 무슨 일인지는 알고 있겠지? 예전에 자네가 했던 그런 일 말이네."

저귀는 계산대에 앉아서 하루 매상을 확인하며 그렇게 말했다. 담우천은 지저분한 탁자를 치우며 그의 말에 귀를 기울였다.

"일이 생기면 우르르 나가서 한탕 뛰고 오지. 물론 죽거
나 크게 다치는 경우도 있지만 대부분은 돈 좀 들고 되돌아
오는 거야. 그 돈을 또 우리 같은 객잔이나… 저 마을 안쪽
에 가면 몸을 파는 늙은 계집들이 있는데, 거기에다 퍼붓
지. 그렇게 살아가는 게야."

한탕 뛰어서 먹고 사는 사람들. 일거리가 없으면 술도 여
자도 먹을 것도 없는 생활. 그럼에도 불구하고 이곳 사람들
은 느긋하고 여유가 있었다.

"산다는 게 뭐 별거 있나? 배불리 먹고 등 따듯하고 가끔
생각날 때 계집 안아줄 정도만 되면 행복한 게지."

담우천은 저귀의 말에 고개를 끄덕였다.

그렇다.

산다는 건 별것 아니다. 자꾸만 의미를 부여하고 무언가
목표를 정하고 조금 더 높은 곳으로 가려고들 하지만 그래
봤자 먹고 자고 싸는 것에 불과했다. 그게 살아간다는 것이
고 또한 삶이라는 것이었다.

객잔 문을 닫으면 그때부터 다시 담우천은 천지일여심법
으로 운기조식을 하면서 마음을 다스리려 했다.

한때 무심의 도(道)를 깨우쳤다고 스스로 생각하던 때도
있었지만 돌이켜 보면 수박 겉핥기에 불과한 경지였을 뿐

이었다.

마음의 벽을 깬다는 건 쉬운 일이 아니었다. 담우천은 마음의 벽을 깬 게 아니었다. 그저 그 벽 너머로 고개를 내밀고 그쪽의 풍광을 힐끗거린 것에 불과할 따름이었다.

시간은 천천히 흘렀다. 끊임없이 쏟아지는 폭설 속에서 한 달이 흐르고 두 달이 지났다.

담우천은 원단을 유랑객잔에서 맞이했다.

새해의 첫날, 그는 저귀와 마주 앉아서 술을 마셨다. 축하할 것까지는 없었지만 그래도 축 늘어져 있는 것보다는 나았다.

"올해는 즐거운 일들만 있어야 하는데."

저귀는 중얼거렸고 담우천은 고개를 끄덕였다. 유랑객잔에 머무는 동안 부쩍 말수가 없어진 담우천은 하루에 한 마디 정도밖에 하지 않았다.

사실 말이 필요 없었다.

저귀가 특별하게 그에게 시키는 일도 없었고 그렇다고 그가 살뜰하게 말을 건네는 성격을 지닌 것도 아니었다. 담우천 또한 애당초 대화를 즐기는 편이 아니었다. 그러니 하루 종일 같이 있어도 두 사람은 불과 한두 마디의 대화를 나누는 게 전부였다.

담우천은 초조해하지 않았다. 이곳에서 보내는 하루하루
가 겹쳐지며 눈처럼 쌓이면서 가슴속의 무언가가 변화하고
있음을 느끼고 있었기 때문이었다.

그 역시 다른 손님들처럼 느긋해지고 여유가 생겼다. 그
의 눈빛은 맑아졌으며 깊어졌다. 표정의 느낌도 풍부해져
서, 웃지 않아도 웃는 것 같았고 말하지 않아도 말하는 듯
싶었다. 체격은 그대로인데 왠지 더 사람이 커진 듯 보였
다.

하지만 아쉽게도 그게 전부였다.

그 이상, 앞으로 나아갈 수가 없었다. 조금만 더 가면, 한
걸음만 더 앞으로 디디면 뭔가를 볼 수 있을 것 같은데…
하루 종일 명상을 해도, 운기조식을 해도 그 자리에서 맴돌
뿐이었다.

그동안 사람들은 온갖 소문을 가지고 객잔을 찾아와 술
을 마셨다.

그들은 북경부 황실에서 역모(逆謀)가 일어났다는 것, 그
역모의 주동자인 삼황자가 결국 귀양을 가게 되었다는 등
의 이야기들을 술안주 삼아 떠들었다.

그중에는 강시가 나타났다는 소문을 들고 온 자도 있었
다.

백여 년 전 강시당(殭屍堂)과 귀문(鬼門)이 모산파(茅山派)

와 싸우다가 공멸한 이후 강호에서 강시는 더 이상 찾아볼 수가 없게 되었다. 강시를 만들 만한 공력을 지닌 자가 모두 사라졌기 때문이었다.

하지만 그 소문을 전해준 자는 강시들로 인해 북경부 외곽 지역이 쑥대밭이 되었다면서 그 강시들을 직접 본 사람이 한둘이 아니라고 했다.

혈마경(血魔經)이 동정호 어림에서 나타났다는 소문은 겨울과 봄 두 개의 계절을 훌쩍 뛰어넘을 무렵에 등장했다.

그 소문이 떠돌기 시작하면서 유주의 모든 사람이 흥분했다. 낭인들은 물론이거니와 결코 유주에서 벗어나지 않던 수많은 범죄자까지 혈마경을 찾기 위해 유주를 떠났다.

혈마경은 전설이었다.

그것은 소림사 무공의 근간이 되는 역근경(易筋經)과, 달마조사의 의발을 받아 선종 이조가 된 혜가(慧可)가 자신의 깨달음을 적은 무무진경과 더불어 고금삼대무경(古今三大武經)이라고 불렀다.

그 혈마경을 찾기 위해 사람들이 우르르 유주를 떠났고, 봄이 막바지에 이른 오월이 되자 유랑객잔은 손님을 받는 날이 드물어졌다.

사흘째 한 명의 손님도 받지 못하게 되자 저귀는 한숨을 쉬며 중얼거렸다.

"유주에 무무진경이 나타났다고 소문을 내봐?"

담우천은 그런 소문에 신경 쓸 겨를이 없었다.

봄부터 지금껏 그는 계속해서 한 자리에 머물고 있었던 것이다. 좀처럼 앞으로 나아가지 못하자 그는 슬슬 초조해졌고, 지금껏 다스려온 마음의 평정이 무너지기 시작했다.

그때 저귀가 한 마디 던졌다.

"곡즉전(曲卽全)이라고 아나?"

구부러진 것은 곧 온전하다, 라는 뜻.

담우천은 그가 무슨 뜻으로 그 세 글자를 입에 올렸는지 알 수 없었다. 저귀는 텅 빈 대청의 쓸모가 없어진 탁자를 훔치며 말했다.

"그걸 화두(話頭)로 삼고 한번 정진해 보게. 가만히 앉아서 뜬구름 잡듯이 명상하는 것보다는 나을 게야."

꽤나 애매모호한 말이었지만 담우천은 '어쩌면……' 하고 생각했다.

저 곡즉전이 무무진경의 중요한 구절일지도 모른다.

하기야 꼭 그게 아니더라도 상관없기는 했다. 지금 담우천은 물에 빠진 사람처럼 지푸라기라도 잡고 싶은 심정이었으니까.

그날부터 담우천은 곡즉전이라는 세 글자를 가지고 화두

삼아 명상에 잠겼다.

　담우천이 좀처럼 앞으로 나아가지 못하는 와중에도 세월
은 구름처럼 흘러갔다.

　무더운 여름이 시작되었다.

　겨울에는 춥고 여름에는 더운 곳이 바로 유주였다. 여름
이 되면서 혈마경을 찾아 유주를 떠났던 이들이 돌아오기
시작했지만 그 수는 현저하게 줄어들어 있었다.

　"많이들 죽었지."

　동정호까지 갔다가 살아서 되돌아온 이가 한숨을 쉬며
고개를 저었다.

　"다들 눈이 벌겋게 달아올랐거든. 적이고 아군이고 동료
고 뭐고가 없었네. 눈에 보이면 무조건 칼을 휘두르고 봤으
니까. 그래서 아무것도 모른 채 죽어나간 이도 많았지. 정
말 지옥이었다니까."

　다른 이들도 더 이상 떠올리기 싫다는 듯이 눈을 감았다.
그리고 사람들은 입을 열지 않았다. 결국 그들은 몇 잔의
술로 갈증을 달래고는 황무지로 돌아갔다.

　저 황무지 어딘가에 오로지 자신들만이 쉴 수 있는 공간
이 있었으니까. 사람들은 그곳에 홀로 누운 채, 지친 육체
와 죽은 마음을 안정시킬 것이다.

　담우천에게 특별한 일이 생긴 건 그 무렵이었다.

무더위가 기승을 부리기 시작한 어느 날 오후. 해가 서녘 하늘로 기울어 겨우 노루 꼬리 정도 남았을 때, 십여 필의 말이 객잔을 향해 달려오는 소리가 들렸다.

저귀는 창가로 다가가 살펴보더니 고개를 갸웃거렸다.

"어디선가 본 아가씨인데."

아가씨라는 말에 담우천은 저도 모르게 움찔거렸다.

'설마……'

아무리 그녀라고 하지만 이렇게 집요할 거라고는 생각이 들지 않았다.

그러나 담우천은 틀렸다.

왈칵, 문이 열리고 들어선 십여 명의 사람, 그 선두에 그 녀가 있었다.

호지민이었다.

3. 날파리들

들어서자마자 대청을 한 바퀴 돌아본 그녀는 담우천을 발견했다.

"내 추측이 맞았군!"

일순 그녀의 눈에 쾌재의 빛이 떠올랐다.

그녀의 뒤로 열두 명의 사람이 들어섰다. 하나같이 평범해 보이지 않는 자였다.

안정된 걸음걸이와 깊게 가라앉은 눈빛, 그리고 무엇보다 그들의 호흡이 그걸 말해주고 있었다. 고수, 그것도 상당한 수준에 올라 있는 실력자들이었다.

하지만 담우천은 걸레질을 멈추지 않았다. 그를 노려보던 호지민도 그 자리에서 덤벼들지 않았다. 그녀는 외려 방금 담우천이 훔쳐낸 탁자 앞에 자리를 잡고 앉았다.

그녀를 따라온 이들도 두 개의 탁자에 나눠 앉았다. 창가에 서 있던 저귀가 물었다.

"뭘 드시게?"

호지민은 당연하다는 듯이 말했다.

"꿩국과 술."

"하여튼 입맛들은 좋아서."

저귀는 어깨를 으쓱거리며 주방으로 향했다.

호지민은 청소를 하고 있는 담우천을 바라보다가 불쑥 입을 열었다.

"북쪽으로 향하는 뒷모습을 보았지."

예전의 꾀꼬리처럼 맑고 고운 목소리가 아니었다. 쇠를 긁는 듯한 쉰 목소리. 그간 얼마나 고함을 지르고 악을 썼으면 이렇게까지 변했을까.

"그래서 변방으로 되돌아간다고 생각했어. 원래의 고향

말이야. 당장이라도 뒤쫓아 가고 싶었지. 당신의 목을 베어 사형의 넋을 위로하고 싶었어."

담우천은 그녀를 돌아보지도 않았다.

그저 평소처럼 태평한 모습으로 구석진 자리의 탁자를 훔치고 있을 뿐이었다.

"하지만… 나도 한갓 객기나 증오만 가지고 너를 상대할 수 없다는 것 정도는 이제 잘 알고 있거든."

호지민은 제 탁자와 바로 옆 탁자에 나눠 앉은 열두 명을 힐끗 쳐다보면서 말을 이었다.

"거의 일 년 가까이 걸리더군. 이만큼 사람을 모으는데 말이야. 정말 까다롭게 골랐지. 원래 아버님께 부탁할까 했는데… 아버님은 당신이 누구인지 알아버렸거든. 아무래도 흑개방의 정보는 꽤 믿을 만하니까."

그녀는 어깨를 으쓱거렸다.

"포기하시더군. 사자인 줄 알았는데 알고 보니 토끼이시더라구. 겁쟁이셨어. 겨우 당신이 과거 사선행자의 행수라는 것 때문에 복수와 명예와 자존심을 버리다니 말이지."

사선행자의 행수라는 말에도 열두 명의 사람은 전혀 표정이 달라지지 않았다.

이미 그들은 호지민으로부터 담우천에 대해 많은 걸 들은 모양이었다.

그럼에도 불구하고 그녀와 이곳까지 동행했다는 것은 확실히 자신들의 실력을 믿고 있는 게 분명했다. 또 그만큼 강한 것도 확실했다.

"하지만 나는 포기할 수가 없었지. 내 눈앞에서 억울하게 죽은 사형의 모습이 아직도 선하니까 말이야. 그래서 사람들을 모았어. 본궁과 팔부에서 사형을 존경하고 따르던 이들이 동참해 주더군."

그녀는 제 탁자에 함께 앉아 있던 여섯 명을 둘러보았다. 그들은 하나같이 혈기 방장한 젊은이였지만 눈빛은 침착하고 표정에는 여유가 있었다.

"이른 바 천궁육검(天宮六劒)이라고, 그들 또래 중에서는 가장 강한 자들이야. 어쩌면 사형보다 강할지도 몰라."

호지민은 다시 옆자리의 사람들을 바라보며 말했다.

"이자들은 궁의 장로(長老)들이 추천하고 소개시켜 준 사람이지. 산동은 물론 절강이나 안휘 등 각자의 지역에서 최고의 실력을 지닌 검객들이야."

그러고 보니 열두 명 모두 검을 휴대하고 있었다. 아무래도 혈검수라와 실력을 겨룰 수 있다는 게 그들의 호승심을 자극했던 것 같았다.

그때, 옆자리에 앉아 있던 검객 한 명이 담우천을 향해 입을 열었다.

"오랜만에 뵙소, 담 대협."

담우천은 그제야 허리를 펴고 상대를 돌아보았다. 기억나는 얼굴이었다. 이 년 전, 담우천이 유주를 떠나 북경부에 갔었을 때, 한 번 손속을 나눴던 자였다. 흑화방의 셋째 방주이자 교두라고 했던가.

"절대쌍검 온주은……."

담우천이 알은척하자 항주의 온씨세가의 후예라고 알려진 온주은은 머쓱한 표정을 지었다.

"절대쌍검이라니, 분에 맞지 않는 별호요."

당시 온주은은 담우천의 일 초도 버티지 못하고 패배했다.

이후 그는 흑화방을 떠나 담우천의 뒤를 쫓아 중원을 헤맸다. 온주은이 담우천을 쫓아다닌 것은 호지민처럼 복수를 하기 위함이 아니었다.

그는 담우천과 겨루면서 잊고 있었던 무혼(武魂)을 되찾았고, 그래서 좀 더 강해지기 위해 그의 뒤를 쫓았던 것이다.

하지만 아쉽게도 온주은은 담우천과 재회하지 못한 채 이 년 가까운 세월이 흐르고 말았다.

그렇게 무림을 떠돌면서 검법을 수련하던 온주인이 산동에 이르렀을 때, 그는 잠시 요기를 때우려 들렸던 한 객잔에서 기이한 이야기를 들을 수가 있었다. 그건 천궁팔부의 소공녀가 사선행자의 행수와 싸울 무인을 비밀리에 모집하고 있다는 것이었다.

이미 온주은은 담우천과 일검을 나누면서 그의 정체에 대해 알게 된 터라, 곧바로 천궁팔부로 향했다.

역시 호지민의 복수심과는 전혀 관계없이, 오로지 담우천과 만나 지난 이 년 간의 수련에 대한 결과를 확인해 보고 싶었기 때문이었다.

'강해졌군.'

담우천은 온주은을 보며 그렇게 생각했다.

사실 그 당시도 강한 자였다. 하지만 지금은 그때보다 두 배는 강해 보였다. 그동안 얼마나 고된 수련을 했는지 알 것 같았다.

온주은 또한 자신이 강해졌다는 걸 아는 모양이었다. 담우천을 만났음에도 불구하고 전혀 흔들리지 않는 눈빛과 자세가 그걸 말해주고 있었다.

"다른 사람들도 마찬가지야. 다들 당신과 자웅을 겨뤄보고 싶어서 안달이 난 자니까."

온주은 옆에 앉아 있던 우측의 중년사내가 일어나며 포권을 취했다.

"전설적인 분을 만나서 영광이오. 패검혼(覇劍魂) 도충(悼

忠)이라고 하오."

중후한 목소리에 각진 턱, 용맹한 눈빛을 지닌 자였다. 마치 존경하는 자를 만난 것처럼 인사를 마친 그가 다시 자리에 앉았다.

옆의 여인이 살짝 고개를 까닥이며 말했다.

"소수마검(素手魔劍)이라고 불려요."

중년의 나이답지 않고 매혹적인 몸매를 지녔지만, 얼굴에 새겨진 검상들이 결코 심상치 않아 보이는 여인이었다.

"강남의 유검룡(柔劍龍)이라고 하오."

"혈검자(血劍子)라고 알면 된다."

연달아 이어지는 두 사람의 소개 끝에 마지막 한 명이 남았다.

백의무복을 정갈하게 입고 있는 중년인이었다. 그는 매서운 눈빛으로 담우천을 쏘아보며 입을 열었다.

"무한의 천맹지부에서 온 제갈수(諸葛戌)라고 한다. 호아가씨의 말을 반신반의하는 바람에 본가(本家)에 알리지 않고 온 게 후회되는군, 이렇게 네놈을 진짜로 만나게 되다니 말이다."

적의가 가득 드러난 얼굴과 목소리.

바로 이자는 다름 아닌 무적가의 사람이었던 것이다.

어디나 그러하듯 오대가문 사람들은 자신의 제자나 인

척을 태극천맹의 주요 자리에 앉혔다. 그런 의미에서 보자면 이 제갈수는 최소한 태극천맹의 무한지부주나 부주(副主) 정도는 될 것이고, 또 그만한 실력을 갖추고 있을 것이다.

'그나마 다행이군. 본가에 알리지 않았다니.'

담우천은 속으로 중얼거렸다.

하기야 그가 본가에 알리는 것도 우스꽝스러운 일이기는 하겠다.

단지 약 일 년 전에 담우천과 뒷모습이 비슷한 자가 객잔에 나타났다가 북쪽으로 사라졌을 뿐이다. 게다가 그 애매한 걸 토대로 담우천이 변방에 갔을 거라는 추측을 두고, 어찌 무적가에 알릴 수가 있었겠는가.

호기심이든 뭐든 간에 제갈수가 예까지 따라온 것만으로도 대단한 일이다 싶었다.

그들의 소개가 끝날 즈음, 저귀가 일곱 그릇의 펑궈을 쟁반에 담아 내왔다. 호지민은 망설이지 않고 그릇에 입을 대더니 역시, 하는 얼굴로 고개를 끄덕였다.

"당시의 여행에서 그나마 좋았던 건 이거 하나뿐이었어."

저귀는 거들먹거리듯 말했다.

"다들 그렇게 말하더군."

"어쨌든 이 맛을 다시 봤으니, 이제 본론으로 들어가야겠지?"

"뭐야?"

저귀는 눈살을 찌푸리며 말했다.

"싸우려면 밖으로들 나가게."

호지민은 살쾡이 같은 눈으로 저귀를 노려보았다. 그 아름다운 두 눈에 살기가 흉흉하게 감도는 것이 예전의 그 말괄량이의 눈빛이 아니었다.

그러나 저귀는 끄떡없었다.

"맞고 나갈래, 그냥 나갈래?"

그는 솥뚜껑 같은 손을 쥐락펴락하면서 말했다. 호지민은 잠시 그를 노려보다가 고개를 끄덕였다.

"하기야 당신과 싸울 것까지는 없으니까."

그녀는 자리에서 일어났다. 다른 열두 명 또한 모처럼 저귀가 솜씨를 부린 꿩국에는 손도 대지 않은 채 자리에서 일어났다.

저귀가 한숨을 쉬며 입을 열었다.

"은자 두 냥이네."

막 담우천을 향해 입을 열려던 호지민이 다시 그를 노려보았다.

저귀는 당연하다는 듯이 말했다.

"죽으면 돈을 받을 수가 없잖아? 그렇다고 시신에 손을 대는 건 불경스러우니까."

호지민은 뭔가 말을 하려다가 포기하고는 품에서 은자 두 냥을 꺼내 탁자 위에 집어던졌다.

그리고는 저귀가 다시 입을 열 기회조차 주지 않고, 담우천을 향해 빠르게 말했다.

"따라 나와라. 당신이라면 도망치지 않겠지."

그녀는 담우천의 대답도 듣지 않은 채 밖으로 나갔다. 열두 명은 일일이 담우천에게 시선을 한 번씩 꽂으며 그녀의 뒤를 따라 나갔다.

담우천이 한숨을 쉬었다. 저귀가 그 마음 안다는 듯이 그의 어깨를 치며 말했다.

"원래 그런 걸세. 똥에는 언제나 날파리들이 모여드는 법이거든."

담우천의 얼굴이 일그러졌다.

第十章
생사일여(生死一如)

"왜 이리 늦었나?"

저귀가 묻자 담우천은 조용하게 대답했다.

"조금 쉬다가 왔소."

저귀는 의외라는 듯이 그를 돌아보았다. 자신의 질문에 대답하는 게 정말 오래간만이었기 때문이었다.

저귀는 담우천을 바라보다가 문득 고개를 끄덕이며 말했다.

"정말 이제 때가 된 것 같군. 자네에게 무무진경을 전해줄 때가 말이네."

1. 일반적인 무론(武論)

물론 담우천은 도망치거나 숨는 성격이 아니었다. 상대
가 어떤 자라 하더라도 늘 정면으로 맞부딪치는 그였다. 그
날 역시 담우천은 도망치지 않았다.

그는 문을 열고 밖으로 나갔다. 객잔 앞의 공터에 그들이
서 있었다.

담우천은 차분한 어조로 부드럽게 말했다.

"죽기 싫다면 도망가도 좋다."

광오한 말이었다.

그러나 그를 비웃는 사람은 없었다. 사람들은 그가 누구

인지 잘 알고 있었다.

하지만 도망치는 사람 또한 없었다. 그와 싸우기 위해서
찾아온 이들이었으니까.

"괜한 말을 했군."

담우천은 중얼거리며 그들 앞에 섰다. 사람들은 미리 작
전을 세워뒀는지 천궁육검이라는 사내들부터 앞으로 나섰
다.

담우천은 오연한 눈빛으로 사내들을 바라보며 말했다.

"와라, 모두 죽여주마."

천궁육검은 뭔가 말을 하려 했다.

하지만 정작 담우천과 시선이 마주치는 순간 아무런 말
도 할 수 없었다.

아니, 그에게서 풍겨 나오는 무형의 압박감 때문에 숨도
제대로 쉴 수가 없는 것이다.

그들은 입술을 깨물었다.

'강하다!'

사형 절정검 조혼이 그의 일검에 죽었다는 사실이 이제
야 피부로 와 닿았다. 왜 천궁팔부의 주인인 열혈태세 호천
광이 복수를 포기했는지 알 수 있었다.

그러나 천궁육검 중 물러서는 자는 단 한 명도 없었다.
그들은 나름대로의 각오를 하고 이곳에 온 것이다. 그들은

한켠에 비켜 서 있는 호지민을 힐끗 쳐다보았다.

'놈을 죽인 자가 호 아가씨의 남편이 되는 거다!'

호지민의 남편이라는 건 즉 천궁팔부의 차기 주인이라는 의미였다. 그 영예와 야심을 이루기 위해서라도 결코 뒤로 물러날 수가 없었다.

그들은 서로 눈빛을 교환하면서 자리를 이동했다. 담우천을 중앙에 두고 넓게 포진하는 진법은 천궁포망진(天宮捕網陣). 담우천을 죽이기 위해서 지난 일 년 가까이 단 하루도 쉬지 않고 수련했던 바로 그 진법이었다.

담우천은 그들이 육각망(六角罔)의 형태를 펼치는 동안 물끄러미 호지민을 바라보았다.

그때 살려준 걸 후회하는 것일까. 아니면 이번에는 반드시 죽이겠다는 것일까.

그의 눈빛은 애매모호했다.

반면 담우천을 노려보는 호지민의 눈에서는 끝없는 증오와 살기가 활활 타오르고 있었다.

담우천은 잠시 그녀를 바라보다가 시선을 돌렸다. 이미 육각망이 완성된 상태, 천궁육검은 검을 빼들며 호흡을 가다듬는 중이었다.

담우천은 가볍게 한숨을 내쉬었다.

아직 어리다.

상대와 검을 겨루고 있는 상황에서, 이제야 호흡을 가다듬다니. 도대체 그럴 여유가 어디 있다는 말인가.

담우천은 그들이 숨을 들이마시는 바로 그 순간, 검을 뻗었다.

어처구니없게도 한 명의 사내가 앞으로 꼬꾸라졌다. 그것으로 천궁포망진은 와해가 되었다.

천궁오검들의 눈에는 당황한 기색이 역력했다. 이렇게 쉽고 간단하게 파훼될 천궁포망진이 아니었던 것이다. 심지어 열혈태세 호천광조차 한 나절을 끙끙대지 않았던가.

담우천은 망설이지 않았다. 여유를 주지도 않았다. 한 명의 동료가 어이없게 죽는 걸 보고 천궁오검들이 당황하고 있을 때, 연달아 검을 날렸다.

무극섬사는 정확하게 천궁오검의 목젖을 찔렀다. 새하얀 선이 한 번씩 허공을 그을 때마다 한 사람의 목숨이 허무하게 사라졌다.

여섯 명의 젊은 사내가 벚꽃처럼 속절없이 쓰러진 건 눈깜짝할 사이에 벌어진 일이었다. 그 놀라운 광경에 사람들은 누구 하나 입을 다물지 못하고 멍하니 서 있었다.

'어라, 검이 가볍군.'

담우천은 저도 모르게 검을 내려다보았다. 평범한, 어디에서나 쉽게 구할 수 있는 검이었다. 그런데 손에 달라붙듯 사용하기가 편했다.

아니, 그건 검이 편한 게 아니었다. 담우천의 실력이 그만큼 좋아졌다는 것이다.

왜? 그저 운기조식 때문에?

담우천이 고개를 갸웃거릴 때였다. 호지민이 핏발 선 눈으로 담우천을 쏘아보며 악랄하게 외쳤다.

"죽여! 죽이란 말이야!"

그제야 정신을 차린 여섯 명의 검객이 일제히 담우천을 향해 몸을 날렸다. 제대로 합격술을 익힌 건 아니었지만 다들 검술의 고수인 만큼 들어오고 나가는 연환술(連環術)이 흐르는 물처럼 유연했다.

담우천은 앞으로 한 걸음 나서며 검을 뺐다. 단순하기 그지없는 동작이었지만 마침 그를 향해 덮쳐들던 패검혼 도충은 숨이 턱 막히는 충격을 맛봐야 했다. 담우천의 검봉(劍鋒)이 그의 시야를 가득 메웠기 때문이었다.

피하고 자시고 할 겨를이 없었다.

이런, 하는 순간 담우천의 검은 패검혼 도충의 목을 긋고는 그대로 방향을 틀어 옆에서 검을 날리던 소수마검의 가슴을 찔렀다.

그 한 동작으로 두 명의 고수가 비명도 지르지 못한 채 꼬꾸라졌다.

즉사였다.

담우천은 게서 멈추지 않았다. 다시 옆으로 한 걸음 옮기며 혈검자의 목을, 오른쪽으로 한 걸음 옮기며 유검룡의 목젖을 찔렀다.

단 세 걸음. 네 명의 절정고수의 죽음과 바꾼 건 담우천의 단 세 걸음이었다.

'더… 강해졌다.'

담우천과 일검을 겨룬 바 있던 온주은의 눈빛이 크게 흔들렸다.

고수가 될수록 발전의 속도가 더뎌지는 법이다. 일정한 수준에 오르면 실력은 정체되고 관록과 경험만이 느는 법이다. 그게 일반적인 무론(武論)이었는데, 정작 이자는 그 일반론에서 벗어나 있었다.

스스로 이 년 전보다 두 배 이상 강해졌다고 생각했지만, 역시 담우천의 상대가 되지 않음을 절감하는 그였다.

"뭐하나?"

담우천의 채근에 온주은은 정신을 차렸다.

그렇다고 이대로 물러날 수는 없었다. 그는 곧바로 기합을 넣으며 지면을 박차고 날아올랐다. 두 개의 검이 허공을 가르며 담우천의 전신을 향해 쏘아졌다.

"많이 늘었다."

담우천은 그렇게 말하며 일검을 뻗었다. 그 검은 온주은이 휘두르는 검과 검 사이의 빈 공간을 파고들면서 정확하게 그의 목젖을 꿰뚫었다.

　일순 온주은의 눈에 기쁨의 빛이 일렁였다.

　'나를… 인정해 줬다.'

　많이 늘었다는 말 한마디가 이렇게 기쁘게 느껴질 줄이야…….

　온주은은 그렇게 중얼거리며 천천히 앞으로 꼬꾸라졌다.

　담우천은 잠시 그 광경을 지켜보았다. 두 번이나 자신을 향해 검을 겨눈 자였지만 밉지 않았다. 외려 호감이 가는 자였지만, 그렇다고 그를 죽인 게 아쉽거나 후회가 되는 건 또 아니었다.

　"어딜 가지?"

　담우천은 문득 고개를 돌리며 말했다.

　십여 장 밖, 제갈수가 나는 듯이 도망치고 있었다. 도저히 담우천의 상대가 아님을 깨닫고는 꽁지가 빠져라 도주하는 것이다.

　"무적가라는 이름이 아깝군."

　담우천은 비웃듯 말하며 허리를 굽혀 온주은의 손에 쥐어진 검을 빼 들었다.

　'결코 죽음이 두려워서가 아니다!'

제갈수는 순식간에 삼십여 장이나 거리를 벌리면서 속으로 외쳤다.

'저자가 이곳에 있다는 사실을 본가에 알려야 한다! 비록 늦기는 했지만 지금이라도……'

담우천은 온주운의 검으로 제갈수의 등을 겨냥했다. 그와의 거리는 약 사십여 장. 담우천은 비수로 과녁을 맞히는 놀이처럼 가볍게 검을 던졌다.

그리고는 결과도 확인하지 않은 채 고개를 돌려 호지민을 바라보았다. 그녀는 여전히 주먹을 불끈 쥔 채 담우천을 노려보고 있었다.

담우천이 조용히 말했다.

"와라, 죽여주마."

멀리서 툭! 하는 소리가 들려왔다. 검에 격중당한 제갈수가 쓰러지는 소리였다.

"난 도망치지 않아!"

호지민이 악을 썼다. 담우천은 고개를 끄덕였다.

"알고 있다."

호지민은 앞으로 걸어 나왔다. 목소리나 표정과는 어울리지 않게, 그녀의 검을 쥔 손이 부들부들 떨리고 있었다. 본능인 것이다, 죽음을 앞둔 자의.

담우천은 무심한 눈길로 그 떨림을 지켜보다가 천천히

검을 뻗었다.

"죽어라, 이 괴물!"

그녀가 고함을 내지르며 담우천을 향해 뛰어들었다. 하지만 그녀는 검을 제대로 휘둘러 보지도 못했다. 담우천의 검이 벌써 그녀의 목젖을 꿰뚫고 있었던 것이다.

"이, 이……."

그녀의 입에서 가래 끓는 소리가 나는가 싶더니 이내 동공이 풀리며 앞으로 고꾸라졌다. 죽은 것이다.

담우천은 검을 거둬들였다.

"손해야, 시체까지 치우는데 은자 두 냥이라니."

문 안쪽에서 저귀가 투덜거리는 소리가 들려왔다.

"자네가 치우게, 자네가 벌인 일이니까."

담우천은 묵묵히 호지민을 내려다보았다. 그의 얼굴에는 그 어떤 표정도 떠올라 있지 않았다.

생사일여(生死一如).

어쩌면 그녀는 이렇게 죽고 싶었던 것인지도 모른다. 저 산동의 미친 호랑이 아가씨로 사는 것보다는.

2. 일원검(一元劍)

가을이 시작될 무렵이었다. 저귀가 전서구를 통해 날아

든 쪽지를 읽다가 혀를 찼다.

"드디어 세상이 변하려나 보군."

그는 여전히 손님 드문 대청을 청소하는 담우천을 힐끗거리며 말했다.

"건곤가(乾坤家)의 소가주인 천휘수(千輝秀)가 살해당했다는군. 경천회(驚天會)라는 조직의 음모에 휘말렸다는데."

건곤가라면 무적가와 더불어, 태극천맹을 지탱하는 오대가문 중의 한 곳이었다. 그런 절대 가문의 소가주가 살해당했다니, 확실히 놀라운 일이 아닐 수가 없었다.

유주의 소식통이자 정보통인 저귀에게는 한 달에도 몇 번씩 전서구가 날아와 강호의 소식을 전해주었다. 올 초 일어났던 역모나 강시의 습격이 헛소문이 아니라 사실이라는 것 또한 그의 정보를 통해 알 수 있었다.

담우천은 무심한 눈빛으로 그를 바라보았다. 호지민 일행을 무참하게 몰살시킨 이후, 그는 더더욱 표정의 변화가 없어졌다.

게다가 요 근래, 담우천은 오직 한 가지 생각이 머리에 가득 차 있어서 다른 것에 신경 쓸 여유가 전혀 없었다.

곡즉전.

저귀가 건네준 화두는 깊이 파고들면 파고들수록 오묘하고 신비해서, 어떤 날은 하루 종일 가부좌를 틀고 명상을 할 때도 있었다.

그러니 무적가의 제갈원도 아니고, 건곤가의 소가주가 죽었다는 소식이 담우천의 표정을 변화시킬 리가 없었다.

저귀는 그런 담우천을 힐끗 보더니 겼다는 시늉을 하면서 말했다.

"가서 마구간이나 좀 청소하게."

담우천은 객잔을 빠져나와 마구간으로 향했다. 그 뒷모습을 물끄러미 지켜보던 저귀가 문득 중얼거렸다.

"이제 때가 된 것 같군."

                    *   *   *

담우천은 마구간을 치우다말고 문득 그 자리에 주저앉고는 하늘을 올려다보았다.

가을이었다. 그리고 유주의 가을 하늘도 맑고 푸르렀다. 한 마리 매가 천천히 허공을 선회하는 모습이 보였다. 서늘한 바람 한줄기가 어디선가 불어와 그의 머리카락을 건들고 지나갔다.

순간 담우천의 뇌리에 무언가가 스쳐 지나갔다. 그것은 찰나간의 느낌이었으며, 순간적인 각성이었고, 섬광같은 깨달음이었다.

도(道)란 그렇게 찾아오는 법이었다.

진지하게 파고들 때는 손에 잡히지 않다가도 문득 길을 걷다가, 혹은 길가의 돌멩이를 보다가, 혹은 마지막 남은 잎사귀를 지켜보다가 뜻하지 않게 찾아오는 게 깨달음이라는 놈이었다.

어디서 튀어나왔는지는 모르겠지만 그것은 지금 담우천이 고민하고 좌절하고 있던 부분을 한꺼번에 뚫어주었다.

담우천은 저도 모르게 눈을 감았다. 심와(心窩)가 절로 열리고 세상이 하나로 모였다.

문득 호지민이 떠올랐다.

생사일여.

그렇다. 모든 것은 하나였다. 음과 양이 하나이고 삶과 죽음이 하나이며, 하늘과 땅이 하나였다.

그리고 정신과 육체도 하나였다.

담우천의 감긴 눈은 자신의 육신을 관조하고 있었다. 마치 정신만이 육체를 빠져나와 내려다보는 것처럼 그의 신체가 한눈에 들어왔다.

동시에 그의 머릿속이 들여다보였다. 태어나서 지금까지 쌓아왔던 모든 것과, 잊고 있었던 혹은 지워졌던 기억들까지 한눈에 보였다.

담우천은 하늘과 땅과, 구름과 바람과, 자신과 자연이 서

서히 하나가 되는 과정을 지켜보았다. 그가 내려다보는 그의 입가에 한줄기 미소가 스며들고 있었다.

곡즉전.

구부러지면 온전하다는 게 아니었다.

곡(曲)은 곧 원(圓)을 의미했고 전(全)은 즉 완벽함을 의미했다. 원이야말로 완벽한 존재였다. 모나지 않고 삐뚤지도 않으며 과하거나 모자람이 없는 존재.

음과 양이 하나가 되어 태극(太極)이 되듯, 원은 모든 삼라만상(森羅萬象)의 근원이자 기본이며 또한 전부였다. 즉 그 둥근 원(圓)은 다시 근본의 원(元)이 되는 것이다.

원(元)은 만물이 시작이며 끝이었다. 존재하는 모든 것이며 아무것도 없음을 의미했다. 원이야말로 존재하는 것이고 또 세상에 없는 것이었다.

담우천의 손이 천천히 움직이기 시작했다. 그의 손은 원을 느낄 수 있었다. 그의 손은 원을 펼칠 수 있었다. 그리고 그는 원을 거둬들일 수가 있었다. 세상 모든 것을 내 품으로 모아 궁극의 하나를 만들 수가 있었다.

그게 원이었고, 그게 곡즉전이 주는 깨달음이었다.

담우천은 미소를 머금고 있었다.

*   *   *

마구간을 청소하고 담우천이 돌아왔을 때는 이미 해가 뉘엿뉘엿 저물고 있었다.

"왜 이리 늦었나?"

저귀가 묻자 담우천은 조용하게 대답했다.

"조금 쉬다가 왔소."

저귀는 의외라는 듯이 그를 돌아보았다. 자신의 질문에 대답하는 게 정말 오래간만이었기 때문이었다.

저귀는 담우천을 바라보다가 문득 고개를 끄덕이며 말했다.

"정말 이제 때가 된 것 같군. 자네에게 무무진경을 전해 줄 때가 말이네."

드디어 애태워 기다리던 순간이 온 것이다. 이 변방의 유주에서 지금껏 고생한 보답을 받게 되는 것이다.

말을 마친 저귀는 담우천을 지켜보았다. 그는 담우천이 비록 날뛰지는 않더라도 분명 기뻐하고 고마워할 줄 알았다.

하지만 담우천의 표정은 변함이 없었다.

'어라? 제대로 듣지 못한 건가?'

저귀가 의아해 할 때 담우천은 천천히 고개를 저었다.

"필요 없소."

저귀의 눈이 휘둥그레졌다. 그는 다시 한 번 담우천을 바라보다가 살짝 놀라며 말했다.

"깨달았나 보군그래."

담우천은 조용히 미소를 머금었다. 저귀는 어깨를 들썩이며 중얼거렸다.

"이것 참… 나는 할아버지께 전해 들은 이후 삼십 년 이상이나 붙잡고 있었는데 말이지."

담우천은 아무 말 없이 그저 웃기만 했다. 머리를 긁적이던 저귀가 문득 호들갑을 떨며 말했다.

"한번 보세. 그 곡즉전이라는 간단한 말에 과연 어떤 의미가 숨어 있었는지 말이네."

"그럽시다."

담우천은 탁자를 둘러보다가 나무젓가락 하나를 집어 들었다. 그리고는 젓가락으로 문을 가리면서 저귀를 향해 입을 열었다.

"지금껏 나는 착각하고 있었소."

나무젓가락이 그의 손에서 빙글 도는 것 같았다.

"이른바 심벽이라고 하는 단계를 뛰어넘은 지 꽤 오래되었다고 말이오. 하지만 오늘에야 비로소 처음으로 심벽이 어떤 것인지, 그리고 그 심벽 너머에 무엇이 있는지 알게 되었소."

저귀는 그의 말에 귀를 기울이며 젓가락의 움직임을 가만히 지켜보았다.

"이제 그 결과물이오."

담우천의 말이 끝남과 동시에 젓가락이 허공에서 멈췄다.

바로 그때였다.

콰앙!

천지가 진동하는 듯한 굉음이 젓가락 끝에서 터져 나왔다.

저귀는 저도 모르게 귀를 막으며 뒤로 물러났다.

하지만 젓가락이 가리키고 있던 문은 아무런 변화도 보이지 않았다, 라고 저귀가 생각하는 순간이었다. 밖에서 산들바람이 한차례 불어오는가 싶더니 통나무로 만든 문은 이내 먼지가 되어 사방으로 흩어졌다.

더 놀라운 점은 문의 격자나 문지방은 고스란히 남아 있는 상태에서 오직 통나무 문만이 미세한 가루로 변해 사라졌다는 것이었다.

저귀는 입을 다물지 못했다. 담우천은 그를 돌아보며 입을 열었다.

"방금 떠올랐소이다만 이 검공(劍功)의 이름은 일원검(一元劍)이 좋을 것 같구려."

담우천의 입가에는 여전히 희미한 미소가 매달려 있었다. 저귀는 마른침을 꿀꺽 삼키며 그를 바라보다가 아주 힘겹게 입을 열었다.

"저 문, 자네가 고치게."

3. 무적가와 싸울 수 있는 힘

겨울에 왔다가 가을에 떠나게 되니 딱 일 년을 채웠다. 황량한 황무지가 펼쳐져 있고 오가는 인적이 드문 유주였지만 그래도 꽤 여러 가지 일을 겪고 들었다.

담우천이 유랑객잔을 떠날 때, 저귀는 이렇게 말했다.

"두 번 다시 보지 말자구."

담우천은 그 애정 가득 담긴 이별의 말을 뒤로 하고 항주로 말을 달렸다.

북경부에 당도했을 때는 십일월, 겨울이 시작되던 때였다. 올 초의 역모 사건은 깨끗하게 정리가 된 듯, 혹은 아예 그런 일이 벌어지지도 않았다는 듯이 북경부의 기류는 평온하기 그지없었다.

담우천은 게서 하룻밤을 묵고 다시 남하하기 시작했다. 산동 제남에 이르렀을 때, 그는 잠시 망설였다.

어차피 알게 될 일이었다, 그가 호지민과 천궁육검을 살

생사일여(生死一如) 285

해했다는 것은.

훗날이 귀찮아지기 전에 차라리 선수를 쳐서 천궁팔부를
괴멸시킬까 하는 고민이 잠깐 들었던 것이다.

하지만 굳이 자신에게 칼을 들이대지 않는데 먼저 나서
기도 그렇다, 라는 생각을 하면서 그는 다시 남쪽으로 이동
했다.

십이월, 해가 바뀌기 직전에 그는 소주를 지나 항주에 도
착했다. 겨울이 깊었지만 그래도 한낮의 햇볕이 따스하게
느껴지는 게, 역시 강남인 게다.

항주 외곽에서 말을 버린 담우천은 곧장 신법을 펼쳐 장
원으로 향했다. 장원 부근에 이르러 신형을 멈춘 그는 천천
히 앞으로 걸어갔다.

장원에서 약 반 장 정도 떨어진 지점에 이르렀을 때였다.
담우천의 눈빛이 살짝 변했다. 그 앞으로 나아갈 수가 없었
던 것이다.

'진법?'

알고 보니 장원 주변에는 특정한 진법이 펼쳐져 있었다.
주변을 오가는 건 상관없지만 장원 가까이 다가서는 건 용
납하지 않는 진법.

'만월망량의 작품이군.'

담우천은 고개를 끄덕였다.

만월망량은 매우 뛰어난 진법가였다. 안강 마을의 지하 광장 앞에 둘러쳐진 진법 역시 그의 작품이었다.

물론 담우천도 어린 시절 진법에 대해서 배웠고 어느 정도의 실력을 지니고 있었다. 하지만 만월망량에 비하자면 어린아이 수준. 한참을 끙끙거려서야 겨우 진법을 통과할 수가 있었다.

장원에 들어선 그를 제일 먼저 반긴 사람은 소화였다. 묘한 반김이었다. 등에 갓난아기를 업은 채 장원 마당에 빨래를 널던 그녀가, 장원으로 들어서는 담우천을 보고는 저도 모르게 비명을 질렀던 것이다.

"누가 들으면 강도라도 당한 줄 알겠다."

담우천은 그답지 않은 농을 던지며 그녀에게 다가가다가 문득 고개를 갸웃거렸다.

"그 아기는?"

소화의 얼굴이 발갛게 달아올랐다.

그녀는 우물쭈물하며 쉽게 대답하지 못했고, 그 모습을 보던 담우천은 저도 모르게 입을 벌렸다. 일순 그의 뇌리에 한 가지 생각이 스치고 지나간 것이었다.

"설마……."

그는 더듬거리며 물었다.

"내 아이더냐?"

소화는 수줍게 고개를 끄덕였다. 담우천은 뒤통수를 얻어맞은 충격에 잠시 멍하니 서 있었다.

작년 시월 초였던가, 담우천이 이곳 장원을 떠났던 게.

담우천이 떠나기 전날 밤 나찰염요와 소화가 찾아와 후회하기 싫다면서 그에게 안겼다. 그날 밤새도록 담우천은 두 명의 여인에게 번갈아가며 시달려야 했고, 결국 새벽 무렵 그는 도망치듯 장원을 빠져나왔다.

그리고는 까마득하게 잊고 있었는데… 그동안 유주에서 수천 리 떨어진 이곳 항주에서는 또 다른 생명이 잉태되어 자라고 있었던 것이다.

담우천이 아무런 말을 하지 않자 소화는 겁먹은 듯이 그를 힐끔거리며 입을 열었다.

"폐는 끼치지 않을게요. 저 혼자 충분히 키울 수 있어요."

그런 게 아니란 말이다.

"아이를 가졌을 때 고민은 했지만 그래도 당신… 아이만은 아니니까요. 내 아이잖아요."

당신이라…….

담우천은 한숨을 내쉬며 입을 열었다.

"아들이냐, 딸이냐?"

"딸이에요."

"이름은?"

"그건 아직……."

소화는 망설이며 말했다.

"아무래도 애 아빠가 지어줘야 할 것 같아서… 지금은 애
칭으로 보보(寶寶)라고 불러요."

보보는 귀염둥이, 예쁜이라는 뜻이다.

담우천은 입안으로 보보를 몇 번 불러보더니 고개를 끄
덕이며 말했다.

"이름으로도 괜찮을 것 같군."

소화의 얼굴이 살짝 붉어졌다.

"하지만 그런 이름을 가지면 크면서 놀림을 받을 거예요.
이름이 귀염둥이라니요."

"보보를 놀리는 자가 있으면 내가 가만 놔두지 않겠다."

담우천의 말에 소화는 문득 기쁜 표정을 지었다. 담우천
이 보보를 자신의 딸로 인정하는 것 같자, 그녀의 가슴이
복받쳐 올랐다.

담우천은 한 걸음 더 가까이 다가와, 소화의 등에 업힌
채 곤히 잠들어 있는 보보를 바라보았다. 오물거리는 입술
이 도톰했고 제 엄마를 닮아서 코가 오뚝했다.

'이런…….'

문득 담우천은 한 가지 생각이 떠올라 가슴이 철렁 내려 앉았다.

그는 소화를 돌아보며 서둘러 물었다.

"설마 염요도?"

소화는 고개를 저었다. 담우천은 저도 모르게 한숨을 내쉬었다. 그나마 다행이었다. 게다가 사실 나찰염요가 임신을 하고 아이를 갖는다는 건 상상하기조차 힘든 일이기도 했다.

그때였다.

"다녀왔어요, 셋째 엄마!"

어린아이 특유의 높은 목소리와 함께 훌쩍 큰 담호가 장원 안으로 뛰어들다가 우뚝 멈춰 섰다.

"왜 그러니, 안으로 들어가지 않고?"

부드러운 목소리에 이어서 나찰염요가 담창의 손을 잡고 안으로 들어섰다. 무심코 마당을 힐끗 쳐다보던 그녀 역시 담호처럼 그 자리에 멈춰 섰다. 그녀의 손에는 갓난아기의 겨울옷들로 짐작되는 꾸러미가 들려 있었다.

제일 먼저 정신을 차린 이는 담창이었다.

"아빠! 아빠! 아빠!"

꼬마는 나찰염요의 손을 놓고 두 팔을 벌린 채 담우천에게 쪼르르 달려왔다. 이제는 제법 뛸 줄도 아는 것이다.

담우천이 손을 벌려 담창을 안아 들었다. 담창은 아빠의 품을 파고들며 환호성을 질렀다.

"오셨어요?"

나찰염요가 말했다. 마치 먼 길을 떠났다가 돌아온 지아비를 맞이하는 아낙네처럼, 그녀의 얼굴에는 반가움과 행복함으로 가득 차 있었다.

담우천이 그렇게 느껴서였을까. 그녀는 목소리뿐만 아니라 표정도 부드러워졌고 몸매도 훨씬 풍만해진 것 같았다.

"응, 왔다."

담우천은 적응되지 않은 눈빛으로 그녀를 바라보며 대답했다. 그의 뇌리에는 조금 전 담호가 소리쳤던 단어가 계속 맴돌고 있었다.

셋째 엄마!

"놀랐겠네요."

나찰염요는 담우천의 곁에 서 있는 소화를 보며 빙긋 웃었다. 담우천이 고개를 끄덕일 때, 담호가 뒤늦게 그를 향해 인사했다.

"오셨어요, 아버지."

동생 담창과 같은 살가움이나 애교는 없었다. 쭈뼛거리며 어색해하는 얼굴은 여전했다.

하지만 그새 키가 한 치는 더 컸고 체구도 좋아졌다. 열

살, 내일모레 열한 살이 되는 꼬마라고 생각하기에는 꽤나 큰 체격이었다.

담우천은 고개를 끄덕이며 말했다.

"많이 컸구나, 그새."

담호의 입가에 미소가 번졌다. 아빠의 그 한마디만으로도 담호는 마냥 행복한 것이다.

"바람이 차가워요. 여기서 이럴 게 아니라 안으로 들어가죠."

나찰염요가 말했다.

어딘지 모르게 안주인의 기품이 흘러넘쳤다. 담우천은 저도 모르게 고개를 끄덕여야만 했다.

*   *   *

"어때요? 장원 밖 진법, 나쁘지 않았죠?"

나찰염요가 차를 내오며 물었다.

"그 진법 때문에 다들 마음 놓고 외출할 수가 있어요. 이매망량 두 오라버니가 지금처럼 볼 일을 보러 갈 수도 있구요."

"괜찮더군."

담우천은 차를 마시며 말했다.

"역시 망량이야. 나도 진법을 파훼하고 들어오는데 시간이 꽤 걸렸거든."

"어머, 모르셨어요?"

나찰염요가 일부러 그러는 듯 눈을 휘둥그레 뜨며 말했다.

"그거 아호의 작품이에요."

"아호?"

이번에는 담우천의 눈이 커졌다. 나찰염요의 옆에 앉아 있던 담호가 쑥스럽다는 듯이 웃었다.

"올 한 해 동안 잡기(雜技)를 많이 익혔거든요. 기문둔갑(奇門遁甲)이나 암기 제조 같은 것들이요."

"호오."

담우천은 새삼스러운 눈빛으로 담호를 바라보았다. 어쩌면 이 녀석, 무공보다는 그쪽으로 더 가능성이 있는 건 아닐까, 하는 생각이 언뜻 들었다.

"많이 변했어요, 일 년 사이에."

나찰염요는 그리 말하며 지난 일 년 사이에 일어났던 일들을 간략하게 이야기해 줬다.

담호의 이야기, 소화의 이야기, 그리고 이매망량들이 절치부심하며 수련하던 이야기 등등. 그중에서 담창이 무공수련을 시작했다는 건 꽤 놀라운 충격으로 와 닿았다.

"아이들은 빠르게 크는군."

담우천의 말에 나찰염요가 고개를 끄덕이며 말했다.

"아이들이니까요."

그때, 잠든 보보를 눕히고 소화가 돌아왔다. 그녀는 담창을 끌어안으며 자리에 앉았다.

담우천은 괜히 어색해지기 시작했다. 나찰염요가 피식 웃으며 입을 열었다.

"호칭이 애매해져서… 간단하게 정리했어요. 아이들도 그게 편할 것 같고."

"그래서 소화를 셋째 엄마라고 부르는 건가?"

소화가 고개를 숙였다. 그녀의 새하얀 귓덜미가 붉게 달아올랐다.

나찰염요는 고개를 끄덕이며 말했다.

"아이들은 나를 둘째 엄마라고 불러요."

둘째 엄마. 그렇구나.

담우천은 알 수 있었다. 첫째 엄마가 누구인지, 그리고 왜 그 자리를 비워놓았는지.

담우천이 상념에 잠기자 나찰염요가 궁금하다는 듯이 입을 열었다.

"이제 오라버니가 이야기해 봐요. 원하는 건 얻었나요?"

담우천은 고개를 저었다. 일순 그녀의 얼굴에 실망의 기

색이 떠올랐다. 담우천은 그런 나찰염요를 바라보며 싱긋
웃었다. 그리고 천천히 말했다.

"하지만 다른 건 얻었지."

나찰염요가 고개를 갸웃거리며 물었다.

"다른 것, 뭐요?"

담우천은 당연하다는 듯이 말했다.

"무적가와 싸울 수 있는 힘."

『낭인천하』 9권에 계속…

麵王輕體

면왕 백리휴

무진등 新무협 판타지 소설

FANTASTIC ORIENTAL HEROES

'맛있는' 무협이 펼쳐진다!

가문의 선조가 남긴 비서
'백리면요결(百里麵要訣)'
모든 이야기는 이 서책으로부터 시작되었다!

『면왕 백리휴』

**면요리의 극의를 알고자 하는 자,
모두 나에게로 오라!**

Book Publishing CHUNGEORAM

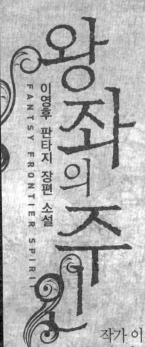